AF204315

Gunnar Schanno

Informationsflut
im Griff der Fragen

Texte und Begriffe durch Fragen hinterfragen –

am Beispiel Politik und Zeitgeschichte

Impressum:

© 2015 Gunnar Schanno

Korrektorat/Satz u. Umschlaggestaltung:
Angelika Fleckenstein; spotsrock.de

Verlag: tredition GmbH, Hamburg
Printed in Germany

ISBN:978-3-7323-6091-8 (Paperback)
     978-3-7323-6092-5 (e-Book)

Das Werk, einschließlich seiner Teile, ist urheberrechtlich geschützt. Jede Verwertung ist ohne Zustimmung des Verlages und des Autors unzulässig. Dies gilt insbesondere für die elektronische oder sonstige Vervielfältigung, Übersetzung, Verbreitung und öffentliche Zugänglichmachung. Bibliografische Information der Deutschen Nationalbibliothek:

Die Deutsche Nationalbibliothek verzeichnet diese Publikation in der Deutschen Nationalbibliografie; detaillierte bibliografische Daten sind im Internet über http://dnb.d-nb.de abrufbar.

Hinweis zu Autor und Publikationsformat

Der Autor, Gunnar Schanno, ist Fachjournalist und Buchautor gesellschaftspolitischer Themen.

Nach erfolgreicher Buchhandelslehre mit Abschluss in Freiburg im Breisgau studierte er Kommunikationswissenschaft an der Mainzer Universität, war dann als wissenschaftlicher Mitarbeiter an einem sozialwissenschaftlich-empirisch arbeitenden Institut tätig und danach langjährig in einem Wissenschaftsverlag. Für das Branchenmagazin *Buchhändler heute* war er regelmäßiger Autor. Gesellschaftspolitische und zeitgeschichtliche Thematik verbinden sich auch eng mit seiner publizistischen Aktivität, unter anderem für interkulturelle Gesellschaften.

Nach Buchveröffentlichungen in verschiedenen Verlagen publizierte der Autor bereits 2013 bei tredition einen kulturkritischen Zustandsbericht unter dem Titel *Das Buch im Griff des Internets* und 2014 seine ebenfalls kulturkritisch konzipierte Erörterung des *Glücksbegriffs*. Das Konzept zur vorliegenden Fragensammlung entstand auch im Laufe von Erfahrungen sowohl als Herausgeber einer britisch-amerikanischen Redensammlung (*20th Century Speeches*, Cornelsen 2001) als auch im beruflichen Ausbildungsbereich, nicht zuletzt als Volkshochschul-Dozent.

Um das Konzept im Ergebnis als Print- und E-Book zugänglich zu erhalten, entschied sich der Autor, die vorliegende Arbeit über Fragen im Sinne grundsätzlich fragender Haltung als hilfreiche Methode beim Rezipieren von Medieninhalten ebenfalls bei tredition mit dessen flexiblen Anbindungen an andere publizistische Plattformen zu veröffentlichen. Für den Autor ergänzt sich dies auch etwa mit seinen Verbindungen zu Online-Plattformen wie LinkedIn und Xing oder seinen Veröffentlichungen fachjournalistischer Beiträge bei verschiedenen News-Plattformen.

Inhaltsverzeichnis

Begriffsfelder: Politik, Geschichte, Zeitgeschichte, Landeskunde, Demokratie, Europa, Nation, Parlament, Partei, Staat, Volk, Medien

I. Einleitung:
Ein Lob auf das Fragen in frag-würdiger Zeit

Die Welt, in der wir leben, ist durchflutet von Informationen. Genau besehen war sie das zu allen Zeiten, wenn auch in weit geringerem Maße. Denn der größte Teil an Geschehnissen, welcher Art auch immer, verharrte – es lässt sich sagen, bis in die ersten Nachkriegsjahrzehnte, vielleicht lässt es sich sogar eingrenzen, bis in die 1968er Umbruchzeit – im Zustand des einfach nur Geschehenen oder eher im Dunkeln existierend als archivalische Faktenbestände, denen eher selten der Wert allgemein öffentlicher Zugänglichkeit zugesprochen wurde. Bis in die jüngste Zeit wurde amtlich-behördliches Schriften- oder Dokumentenmaterial nicht allein im Vorfeld etwa politischer Entscheidungsprozesse, sondern auch tendenziell als für die Öffentlichkeit ungeeignet und als ein unter Verschluss zu haltender Niederschlag in Gewahrsam gehalten.

Dies aber ist ein Informationsverhalten von gestern. Denn seit einigen Jahrzehnten öffnen die historischen Bewahrungsstätten von Moderne bis Altertum immer konsequenter ihre Archive, ihre Dokumentensammlungen oder Ausgrabungsfunde, öffnen die vergangene bis versunkene Welt der Sichtung, der Wertung, der Aufarbeitung zu letztlich öffentlich handhabbaren Inhalten. Wir hören den Begriff Museumspädagogik und erkennen, dass diese Disziplin auch Ausdruck des Bemühens um eine möglichst gelingende demokratische Partizipation des Bürgers an staatlich gehüteten Schätzen aus Kultur und Zivilisation darstellt. Das Erstaunliche aber ist, dass Gleiches auch mit den zeitgeschichtlich nahen Geschehnissen bis hin zum aktuell Politischen geschieht und dass der inzwischen auch digital gehortete und akkumulierte Wissensbestand in popularisierten, alle gesellschaftlichen Schichten erreichenden Formen zugeführt wird. In immer zeitnäherer Weise geben Archive und Behörden frei, was an Ereignissen geschah. Wir staunen über Dokumentationen in Zeitungen und in Fernsehsendungen über Hintergrund-Berichte zu jüngst geschehenen Skandalen, zu politisch-dramatischem, vielleicht gar unter Top-Secret verheimlichtem Geschehen, in denen Fakten offengelegt werden, Zeitzeugen und Verantwortliche zu Wort kommen. Man könnte meinen, die Ereignisse, die politischen, gesellschaftlichen, spannungsgeladenen Skandale geschähen allein deshalb, damit spannende Stories für die Massenmedien daraus gefertigt werden können. So ist aus der Massengesellschaft auch eine Informationsgesellschaft geworden.

Die für die Welt dominierend gewordenen Phänomene des Massengesellschaftlichen verbündet mit wirkungsstärkster Informationstechnologie hat also die Welt zur globalen Mediengesellschaft gewandelt. Es ist das revolutionär zu bezeichnende, um das Jahr 2000 so richtig auf Touren hochgefahrene Internet, das wie eine Widerspiegelung der realen Welt in digital-virtueller Form erscheint. So gut wie alle Bereiche des Lebens, ob aus Wirtschaft, Kultur oder Politik bis in die privatesten Sphären, sind immer häufiger interaktiv in den Netzwerken vertreten, doch auch mit der Konsequenz, dass einem immer größeren Teil der informationellen Flut verlässliche Wertungen, Kriterien, Maßstäbe fehlen. Die Filter-, Qualitäts-, Selektionsfunktion, derer sich die meist professionell-journalistischen und etablierten Medien, besonders der Zeitungsbranche, rühmten, ist zur Randfunktion geworden. Deutungshoheit ist kein Kompetenz-Privileg mehr, sondern demokratisch-medialer Anspruch von Jedermann und Jederfrau.

Innerhalb der Informationsflut stammt ein dominierender Teil aus Politik und Zeitgeschichte, konkreter: Zeitgeschehen. In dieser Flut geraten nicht nur Fachleute, sondern auch die *am Tagesgeschehen beteiligten Bürger* als *politisch, gesellschaftlich, kulturell Interessierte* in einen informationellen Sog. Täglich in dem Sinne, als die Vorstellungswelt der Leser, Hörer, Zuschauer, ganz allgemein der Mediennutzer, über Printmedien, Fernsehen, Radio oder Internet mit unzähligen Informationen geprägt wird. Die Informationsflut erreicht uns in unterschiedlichsten Formaten, z.B. als Berichte, Meldungen, Kommentare, Reportagen oder das, was Talkshows genannt wird.

Über alle Bequemlichkeit mühelosen Versorgt-Werdens mit Informationen aller medialen Formate aus nah und fern, so ist von medienkritischer Seite zu hören, sollten sie nicht fraglos hingenommen werden. Gerade auch im Anspruch darin, dass es möglich geworden ist, sich selbst in den täglichen über Internet ermöglichten Diskurs am Geschehen einbringen, zumindest aber den öffentlichen Diskurs bis in verzweigteste Blogger-Sphären mitverfolgen zu können. Für den mündigen, aufgeklärten Bürger gilt es, in mehr oder minder bewusster Weise Fragen zu stellen an das jeweils Inhaltliche, Fragen an das eigene Verständnis, das Verstandene oder Nichtverstandene daran, Fragen im Sinne des Hinterfragens dessen, was als Meinung, als Behauptung, überhaupt als Fragwürdiges ein Zurückfragen, ein Überprüfen, ein thematisches Aufarbeiten des Stoffs heraufbeschwört.

Politik und Zeitgeschichtliches gehören zum Dominantesten in der Themenvielfalt der multimedial vermittelten Informationen. Besonders im Bereich des Politischen, oder weiter gefasst, des Gesellschaftspolitischen, haben sich in immer weiterem Ausmaß technologisch ermöglichte multimedial-interaktive Formen unter den Lesern-Hörern-Zuschauern durchgesetzt. Kaum ein Medium auch der etabliert-traditionellen Zeitungs- oder Rundfunk/Fernseh-Branche, das nicht die Internet-Schleusen für ihre Rezipienten, so der Begriff für jene, die als Leser-Hörer-Zuschauer die Medieninhalte aufnehmen bzw. rezipieren, geöffnet hat für Feedbacks, Kommentare, für das, was Blogs genannt wird.

In fragend-analytischer Geübtheit an Inhalte, Hintergründe, Zusammenhänge, Behauptungen heranzutreten, kann als Möglichkeit genutzt werden, all diesen zwischen Brillanz und Chaotik changierenden Textformen und Themen gegenüber die Eigenständigkeit im Bewerten und Urteilen zu stärken. Freilich nimmt jeder Mensch eine „irgendwie" bewusst oder unbewusst subjektiv geprägte fragende Haltung gegenüber jeglicher Information ein, mit der er konfrontiert wird. Fragende Haltung ist deshalb grundsätzlich hilfreich im allgemeinen Prozess der „Informationsverarbeitung" durch den Menschen. Jedenfalls kann die in Kapitel III und IV vorgestellte Fragensammlung einen erweiterten Einstieg dazu geben oder weitere Anregungen dafür bieten, den jeweiligen Text bzw. besagten Content oder Medieninhalt interpretatorisch und sachlich über ein bewusstes Befragen „hintergründiger" zu erfassen. Im Weiteren die Informationsinhalte auch besser ausschöpfen und kritisch auswerten zu können, sie in Zusammenhängen wahrzunehmen, darin also kann das kleine Fragekompendium als eine Ermunterung verstanden werden.

II. Eine Ermunterung:
Vom Gewinn des Fragens und Befragtwerdens

Im Fokus des Fragekonzepts stehen Begriffe wie Politik, Geschichte, Zeitgeschichte, Landeskunde, Demokratie, Europa, Nation, Parlament, Partei, Staat, Volk, Medien – im vorliegenden Zusammenhang primär bezogen auf die Bundesrepublik Deutschland. Damit sei das umfasst, was auf den Ebenen von Gemeinden, Bundesländern und der Bundesebene und darüber hinaus international politisch geschieht. Und Geschichte erreicht uns besonders da, wo sie zur Zeitgeschichte wird, wo uns das Dokumentierte historisch und landeskundlich etwa auch als filmisches Material seit dem ersten Weltkrieg in bewegten Bildern vermittelt wird. Da die nachfolgende Fragensammlung nicht in einem Kontext schulbehördlicher Vorgaben für Lehrplan oder Klassenziel steht, ist sie also offen für politik- und geschichtsinteressierte Laien, ob in Ausbildung, ob in Beruf, als Mediennutzer allgemein. Die vorliegenden Ausführungen zum Fragen „an sich" bzw. über ein „Befragt-Werden" zum jeweiligen Thema, das gerade im eigenen Fokus steht, können hilfreich sein beim Erhellen des Inhalts.

Die Fragensammlung, die sich besonders auf Kerninhalte zu Politik und (Zeit)Geschichte konzentriert, kann als eine Handreichung verstanden werden, *Anregungen, Anstöße* und *Impulse* zu erhalten über fragende Hinweise zum Gelesenen, Geschauten oder Gehörten aus Politik und (Zeit) Geschichte. Die Erfahrungen des Autors auch im *beruflichen und allgemeinen Ausbildungs*-, darunter *Volkhochschulbereich* waren ihm Anstoß für das hinzugefügte Fragekonzept. Deshalb auch diese Anmerkungen zum Gewinn des Befragtwerdens „an sich", des Sich-Selbst-Fragens hinsichtlich der Einstellung, der Meinung, der Stellungnahme, sodann des daraus zu ziehenden Gewinns (modisch auch „benefit" genannt), schließlich all dem, was sich aus der Konfrontation mit geistigen Inhalten als kritisch-rückfragende Reaktion darauf ergibt.

Fragen, wie die im vorliegenden Zusammenhang, sind durchaus als Konzept und Anstoß zu sehen, eigene Wege zu gehen: nämlich über Suchen und Finden eigener Antworten auch *neue Fragen, neue Ideen und Pläne* zu entwickeln, in welcher Weise man sich noch mit dem jeweiligen Thema befassen kann. Die Fragen sind also zunächst auch ein Instrument zur Steigerung der Aufmerksamkeit dem medialen, sei es textlichen oder bildlichen Inhalt gegenüber. Es ist deshalb nicht Teil des Konzepts, Antworten vorzugeben, wäre die Antwortvielfalt doch geradezu unendlich.

So wird es für den, der diese Hinweise und auch das Fragemodell nutzen möchte, als Ziel auch erstrebenswert sein, eigenständig die kritische Fragemethode, gewiss nicht einzelne Fragen, als Muster im Gedächtnis und als Rüstzeug vorrätig oder abrufbar zu haben, wann immer es um ein Sich-Befassen mit Inhalten oder, wie in vorliegend gewählter Selektion, mit Aussagen aus Politik und (Zeit)Geschichte geht. Diese Inhalte, im modischen Wortgebrauch auch und besonders in der Internetwelt mit dem Begriff Content *benannt, stellen also im allgemeinsten Sinne unserer multimedialen Welt* Medieninhalte *dar. Wer geübt darin ist, solchen Content oder solche Medieninhalte rasch zu „hinterfragen", wird sich in Texten nicht so leicht verfangen, wird wort- und begriffsreichen, wenn nicht gar trickreichen oder im schlimmeren Falle gar demokratie- und toleranzschädlichen ideologischen und demagogischen Formulierungen gegenüber, rascher und „gekonnter" relativieren, kommentieren, werten können.*

Die **Fragen-Sammlung zur hier ausgewählten Textspezies, die sich mit politischem oder (zeit)geschichtlichem Inhalt befasst,** kann auch helfen, einem Text oder einem Thema näher zu kommen, vielleicht sogar für eine schriftliche Aufgabe für sich oder eine **Diskussion** in einer Gruppe den Inhalt gezielter aufzubereiten. Das Besondere darin ist, dass dies zunächst einmal über die durch Fragen gewonnene **Blickschärfung** geschieht, ohne dass es sogleich oder überhaupt nötig erscheint, weitere Quellen, seien es sogenannte Primär- oder Sekundärquellen heranzuziehen. Wer freilich gerne den vorgeschlagenen Anregungen folgt, den Fragen zu Textlichem und Begrifflichem zur präziseren inhaltlichen und definitorischen Bestimmung näher zu kommen, dem bietet die Fragenvielfalt einige Anregung, nicht zuletzt als Stichwortgeber.

Die mit den Fragen verbundenen kleinen *Aufgabenstellungen,* die durchaus intellektuell sportlich wie Kreuzworträtsel genommen werden können, stehen denn auch nicht Im Vordergrund. Es ist die Frage selbst als Signal, dass es am nicht selten so unzweideutig daherkommenden Medieninhalt überhaupt etwas zu *hinterfragen* gilt. Die Aufgaben selbst, etwa ein Nachschlagen, ein Aufrufen von Stichworten, können als Türöffner aufgefasst werden, Hintergründe aktiv zu entdecken oder zu Vertiefungen am Thema oder Begriff zu gelangen.

Und zunächst sind es aber Fragen, die aufmerken lassen, dass es schlicht grundlegende Informationen sind, die irgendeinem Text – einer Nachricht, einem Bericht, einer Reportage, einem Dokument – die erste Kontur geben. Die

Fragen reichen in der Tat vom Heraussuchen (oder einfach nur Gewahrwerden) von denkbar selbstverständlichsten Fakten, mit Hilfe derer ein Text (ein Medieninhalt) sozusagen *durchgescannt* werden kann für erste Schritte, die den Text ganz allgemein seinem Charakter nach ein- oder zuordnen. Dies wird hilfreich sein für eine entsprechende Aufbereitung und Eingrenzung eines Textes (Medieninhalts), um sodann hinzuführen auf Differenzierungen von Inhalt und Aussage und dem Erkennen wesentlicher Inhaltspunkte. Es kann somit erleichtert werden, z.B. einen ausgewählten Text immanent, also rein aus dem Textinhalt selbst, allein **per Frageraster** über allmählich sich differenzierende Fragen zu erschließen. Ein favorisiertes Thema, falls es unter unzähligen über die Medien auf uns einströmende Themen unser besonderes Augenmerk erhält, kann somit nach eigenem Wunsch und Interesse auch in seiner Informations- und Aussagetiefe weiter ausgeschöpft werden. Darin liegt eine Besonderheit des Fragekonzepts.

Die Fragen können immer auch als Hinweis oder Einstieg verstanden werden, für ein entsprechendes Thema oder das Heranziehen von Texten und Quellenmaterial oder auch als eine Art Stichwortgeber für weitere Differenzierungen, Aktualisierungen, Spezialisierungen der Fragen. Die Fragen können auch in einem sogenannten Transfer als ein Übertragen auf Themen aus ganz anderen Bereichen dienen, seien es berufliche, technische oder literarische Themen. Diskussion mit anderen oder inhaltliche oder formale Aufbereitung für andere Diskutanten bieten in den Raum gestellte Fragen allemal.

Der Verwirrung Einhalt gebieten über Schärfung der Begriffe

Ein Schlüssel für das Erweitern von Verständnis und Erfassen politisch-(zeit)geschichtlicher Aussagen ist eine möglichst genaue Bestimmung der Begriffe. Im *vierten Teil* sind es **Fragen zu politischen und (zeit)geschichtlichen Begriffen,** wie sie üblich und geläufig sind in politisch-(zeit)geschichtlichen Texten (Medieninhalten) und dem Leser-Hörer-Zuschauer in der ganzen multimedialen Kommunikations-Power ständig begegnen. Es sind besonders häufige und sicher auch wichtige in den Medieninhalten geläufige Begriffe (also keine ausgefallenen Spezialbegriffe), die zur näheren Bestimmung aufgerufen werden.

Die mediale Vielfalt, sei es in Printformen von Zeitung oder Buch, sei es über die elektronischen Medien, konfrontiert uns täglich mit Begriffen als „Aufhänger" zu unterschiedlichsten Textarten und Textquellen, seien es politisch-zeitgeschichtliche, historische oder sonstige Sachdarstellungen, die uns in vielfältigsten Berichterstattungsformen, Schilderungen, Kommentaren, vielleicht auch Reden oder Formen staatlich-politischer Verlautbarungen erreichen. Ein sozusagen wie selbstverständlich gewordener fragender Blick auf das Begriffliche, auf die Leit- und Hauptbegriffe, wie sie beispielreich in der Fragensammlung vorgestellt werden, kann einem kritischeren Herangehen an die jeweilige Textquelle oder Textform nur dienlich sein.

Im Mittelpunkt des vierten Teils stehen also Fragen zu Begriffen, die die grundsätzliche politische wie zeitgeschichtliche (aktuelle, historische) Thematik prägen. Es sind Fragen zur Bestimmung oft auch unreflektiert benutzter politisch-(zeit)geschichtlicher Begriffe sowie Fragen, die zur

Vorbereitung für weitere Analyse und Diskussion auch neuer (globaler) politischer Entwicklungen herangezogen werden können. Dabei können auch mühelos neu entstandene Begriffe (Neologismen) dem Frage-Raster hinzugewonnen werden.

Insgesamt kann der Nutzer dieser Fragensammlung also sein Augenmerk darauf richten, Unterschiede herauszuarbeiten zwischen Begriffsbedeutung (also auch Definition als Einstieg über lexikalische Quellen) und einem zunehmend bewussteren **Unterscheiden-Können zwischen Inhalt und Aussagen, Fakten und Meinung, Kommentar und Meldung** (auch unter Beachtung der Erkenntnis heutiger Texttheorie, dass Selektion und Darstellungsart von Fakten und persönlich-gefärbter Meinung sich gegenseitig beeinflussen).

Des Weiteren kann durch kritisches Befragen ein Distanzschaffen zum Thema erreicht werden, sowie ein Interessewecken am Herausarbeiten und Erkennen von Vorurteilen, Klischees, Heroisierungen, Legendenbildungen, um im weiteren Sinne also auch genauer zu unterscheiden zwischen subjektiv und objektiv, zwischen neutral und parteiisch, bis hin zum Erkennen suggerierender, ideologischer oder propagandistischer Textinhalte.

In der klassischen Informations- bzw. Kommunikationslehre gilt unverändert das Dreiecks-Modell, wonach am Kommunikationsprozess beteiligt sind: Sender(Quelle)–Botschaft(Message)–Empfänger(Adressat). *Konkreter:* Autor–Text(Content)–Rezipient (Leser/Hörer/Zuschauer). In unserem Zusammenhang steht **Autor** für Verfasser aller Textarten und Darstellungsformate. Es sind also Autoren von Zeitungs-, Buch-Publikationen in *Printform* oder von jeglichem Inhalt, sprich Content, der uns über *elektronische Kanäle* des Internets erreicht.

Wir erwähnten den Begriff **Text** bzw. **Content**, wobei besonders das, was *Content* bezeichnet wird, als ultimativer Begriff für alles steht, was multimedial in unterschiedlichsten Formaten, ob in materialer (Printform) oder elektronischer Form (in Schrift, Bild, Ton), als Information an uns herantritt. Der Begriff **Rezipient** gilt für jeden Menschen, der als Leser, Hörer, Zuschauer des besagten Content bzw. des Medieninhalts in Erscheinung tritt. Im Zuge immer bedeutender werdender Interaktion (massiv inzwischen in den elektronischen Medien) zwischen Autor und Rezipient erweitert sich das klassische Dreiecksmodell Autor-Text-Rezipient. Der Rezipient wird Mitspieler, weil er nicht mehr allein der passiv-rezipierende Teilnehmer ist, sondern selbst zum aktiven Kommunkations-Teilnehmer, sprich Autor wird, gewissermaßen ein den Diskurs mitbestimmender Mit- oder Gegenautor.

In unserer multimedialen Zeit erfahren wir also, dass der *Rezipient* immer mehr die Autoren-Rolle einnimmt als eine Art Rollenwechsel. Er findet statt unter dem dynamischen Prozess der Interaktion, und zwar in der Kommentierung, der Kritik, der so genannten *Blogs*, nicht selten der Polemik, besonders im Rahmen der Teilnahme in den *Social media* (eine öffentliche Diskussion um bedenkliche Aspekte ungehinderter juristisch anfechtbarer Interaktion ist im Gange). Umso hilfreicher kann es für den Nutzer einer hier vorgestellten **Hinterfrag-Methode** sein, mehr *Souveränität und Kompetenz dem geistigen Inhalt eines Textes, dem besagten Content* gegenüber zu gewinnen – sowohl im realen Druckwerk als auch im virtuellen Digitalwerk. Deshalb steht die Fragenauswahl immer auch unter dem Aspekt der Ergänzungs- und Erweiterungsmöglich-keit.

Die Fragen sind durchgehend alpha-numerisch geordnet, um Auswahl und Beschäftigung damit zu erleichtern. Vorrangig wird als jeweiliger Begriff **Autor, Text** *oder* **Rezipient** *verwandt. Zu beachten ist, dass ein Text auch ein Hördokument sein kann (Audio-Text).*

Spaß und Anregung sei nun dem immer medienkompetenter werdenden Rezipienten-Autor beim Aufsuchen und Aufspüren neuer Fragestellungen gewünscht – mögen einige Aspekte hinzukommen beim aktiven Teilnehmen am großen gesellschaftlichen, politisch-zeitgeschichtlichen, immer diskussionsfreudiger und interaktiver werdenden Diskurs im täglichen, geradezu globalen Kommunikationsgeschehen – also auch in der Saga unseres Lebens in demokratisch-toleranter Gesellschaft und im Verständnis der Demokratie, die, wie es heißt, informierter Konsens sei und Diskurs in politisch-gesellschaftlich-religiöser Toleranz.

III. Fragen zu historisch-politischen Texten

1. Zur Person des **Autors eines Textes**:

   a) Nennen Sie den Autor des jeweiligen Textes. Suchen Sie im Text weitere Hinweise zum Autor (auch wenn namentlich nicht genannt), die auf seine Funktion, seine Legitimation, seine Kompetenz oder seinen Anlass für die Abfassung des Textes schließen lassen.

   b) Gibt der Autor Hinweise, macht er Aussagen zur eigenen Person? Eher sachlich, eher anekdotisch? Unterscheiden Sie:

      i) persönliche, biographische,

      ii) politische,

      iii) fachliche Funktion.

2. Wie stellt sich der Autor dar? Finden Sie charakteristische Hinweise für eine **Selbstdarstellung** in der Wortwahl:
   Stellt der Autor seine Leistungen, Erfahrungen auf seinem Gebiet heraus

   a) als wichtiger Repräsentant seines Gebiets (z.B. als ‚Sachverständiger', Augenzeuge, (Mit-)Verantwortlicher)?

   b) als ‚Vaterfigur' (paternalistisch) / Macher?

   c) mit dem Rezipienten in gemeinsamer Verantwortung stehend, partnerschaftlich?

3. Lässt sich erkennen, an welche Art von **Rezipienten** (Leserkreis, Hörerkreis) sich der Text richtet?

    a) Gibt es Hinweise im Text?

    b) Wird der Rezipient (Leser/Hörer) direkt angesprochen?
    Falls ja, wo geht der Autor auf ihn ein?

        i) Beachten Sie die Texteröffnung,

        ii) die Grußformel (an wen gerichtet).

        iii) Ist Adressat der ‚normale‘ historisch-politisch interessierte Rezipient oder eher Experte, Parteigänger, Volk, demographische Gruppe, eine soziale Klasse, eine bestimmte Generation (Frauen/Jugend/Senioren)?

4. Welche **Rolle** weist der Autor dem Adressaten zu (vgl. Gegensatzbegriffe unmündiger – mündiger Bürger)?

    a) Charakterisieren Sie.

    b) Ist der Text eher bestimmt von der Einstellung eines „Die draußen im Lande“, löst sie im Leser eher die Haltung „Die da oben“ aus?

5. Hat der **Text** (gilt besonders für Redetexte) monologischen Charakter oder wird der Rezipient mit einbezogen?
Beachten Sie: Ich-/Wir-/Sie-/Ihr-/Du-Formen.

Untersuchen Sie, ob und an welcher Stelle der **Text** folgende **Elemente** enthält:

a) Wörtliche Zitate, wenn ja, von wem?

b) Auf welche Autoritäten beruft sich der Autor?

c) Werden Namen, Titel (Buch, Gedicht, Text usw.) genannt?

   i) In welchem Zusammenhang?

   ii) Aus welchen Bereichen (Geschichte, Politik, Kultur, Kirche, Sport)?

d) Enthält der Text Sprichwörter, Redewendungen, Anekdoten, Witze?

e) Enthält der Text Abstrakta wie Ehre, Treue, Ruhm, Glück, moralische Begriffe? Suchen Sie Begriffe heraus, die zu solchen Abstrakta gehören.

f) Enthält der Text Floskeln, Worthülsen, die (inhaltslos?) den Text füllen? Wenn ja, welche würden Sie als solche nennen und charakterisieren?

6. Welche konkreten **Themen** hat der Text zum Inhalt?

   a) Nennen Sie das Hauptthema des Textes.

   b) Nennen Sie die Unterthemen des Textes.

Unterscheiden Sie dabei: politisch, sozial, ökonomisch, religiös, ideologisch, in einem anderen fachlichen Zusammenhang (Technik etc.).

7. Erkennen Sie einen äußeren Aufbau oder eine thematische **Gliederung des Textes** in Anfang – Mittelteil – Schluss?

a) Geben Sie den Gliederungsteilen Zwischenüberschriften (sofern es der Textumfang anbietet).

b) Geben Sie kurze Zusammenfassungen der einzelnen Teile.

c) Welche Gesamtüberschrift (falls nicht oder zu allgemein vorhanden) würden Sie dem Text geben?

8. Untersuchen Sie die Sprache des **Textes** auf **stilistische Mittel** (Stilfiguren) hin und die Gründe für ihre Verwendung im jeweiligen Kontext:

a) Beachten Sie die Satzlänge, Satzverschachtelungen.

b) Rhetorische Fragen: an den Rezipienten gestellte Fragen, auf die der Autor keine Antwort erwartet, bzw. die er selbst beantwortet.

c) Reihungen: sich wiederholende Worte oder Satzteile (meist) am Anfang eines Satzes.

d) Metaphern: bildliche Ausdrücke, die den eigentlichen Begriff durch einen anderen, bildlichen Ausdruck ersetzen.

e) Alliterationen (identische Konsonanten v. a. in den Anlauten von Wörtern).

9. Lässt sich ein **Bedeutungswandel** in den Begriffen erkennen, die im Text, besonders wenn es sich um zeitlich zurückliegende Texte handelt, gebraucht werden?

Beachten Sie den Bedeutungswandel von Begriffen: von positiv zu negativ, öffentliche Akzeptanz von Begriffen (vgl. Verteidigungs-/Kriegsministerium, Militärische Intervention/Bruderhilfe, Reservate für Ureinwohner/Homeland, Presseamt/Propagandaministerium, vgl. auch literarische Vorlagen, Orwells ‚1984‘, ‚Farm der Tiere‘, V. Klemperers *Lingua Tertii Imperii*).

10. Um welche **Textsorte** handelt es sich?

Unterscheiden Sie: Text als wissenschaftliche Abhandlung, geschichtliche Darstellung, politischer Kommentar, Biographie, Manifest, Rede, Bericht, Essay oder andere Textform. Begründen Sie und geben Sie Hinweise für texttypische Merkmale.

11. Wenn der Text als **Rede** klassifiziert werden kann: Welcher Charakter ist kennzeichnend und bestimmt den Texttyp?

    Vgl. Volksrede, Vortrag, Statement, Erklärung, Verlautbarung.

12. Gibt es **Dramatisierungen** im Text? Beschreiben Sie:

    a) Zuspitzung hin auf eine pointierte Gesamtaussage,

    b) Zuspitzung hin auf eine dramatische Entwicklung (politisch, sozial, ökonomisch, ökologisch),

    c) Zuspitzung hin auf einen Gegenspieler (Antipoden)

        i) als politischer Gegner (rivalisierende Partei, Klassenfeind, Erbfeind, Aggressor),

ii) als persönlicher Gegner, Konkurrent: im Sinne eines Freund-Feind-Bildes.

13. Enthält der Text **Subjektivierungen** des Autors: Diffamierungen, Verunglimpfungen, Herabwürdigungen von Personen, auf die der Autor eingeht? Beschreiben Sie, in welcher Weise, ob z.B. Privatleben, äußeres Erscheinungsbild herangezogen werden. Geben Sie eine kritische Wertung. Beachten Sie auch Subjektivierung in positiver Weise: Hommage, Laudatio, Lob, Würdigung.

14. Wird eine selbstkritische **Haltung des Autors** im z.B. politisch-werbenden Text deutlich: Gesteht der Autor eigene Fehler ein, persönliche Misserfolge, Korrekturen im eigenen Handeln? Wenn ja, welche? Beschreiben Sie.

15. Mit welchen Aussagen will der Text **Wirkung** erzielen? Will der Text persönliche Haltungen stärken, hat der Text **Appellcharakter?** Beschreiben und begründen Sie, geben Sie Hinweise unter folgenden Gesichtspunkten:

   a) Ist der Text ohne Appellcharakter an den Rezipienten? Prüfen und begründen Sie, ob er sich auf das rein Beschreibende, Feststellende beschränkt.

   b) Hat er rein ästhetische Funktion, soll er der Erbauung dienen, würden Sie ihn im Sinne ‚l'art pour l'art' deuten? Begründen Sie.

c) Will der Text aufklären, richtigstellen, Irrtümer aufdecken? Wenn ja, in welcher Weise?

d) Will der Text Wirkung erzielen in Richtung Gerechtigkeit, Mündigkeit, Neid, Hass, Kampfgeist, Opferbereitschaft, zivilen Ungehorsam, Toleranz? Wenn ja, in welcher Weise?

16. Welche Seiten im Rezipienten werden im Text angesprochen:

Intellekt/Ratio oder Gefühl/**Emotion**?

Finden Sie Hinweise, z.B. Schlüsselbegriffe und begründen Sie.

17. Werden im Text **Forderungen** an den Einzelnen, Institutionen, Gesellschaft, Staat gestellt?

Unterscheiden Sie: Aufforderungen

a) zu persönlichem Handeln für sich selbst,

b) zur Hilfe, Unterstützung für andere, für Mitmenschen,

c) zu Engagement für das Wohl des Ganzen, die Gemeinschaft, Volk, Staat, oder ein ideelles, wertbezogenes Anliegen (i. S. Schutz für Mensch, Fauna und Flora).

18. Ist der Text **ergebnisorientiert**? Wird der Rezipient durch den Text zu Ergebnissen geführt?

Wie wird der Weg zu ihnen beschrieben? Unterscheiden Sie:

a) als Antworten auf Fragen, die der Autor im Text selbst stellt,

b) als Lösungen auf behandelte Probleme,

c) als Schlussfolgerungen, Lösungen, die der Rezipient selbst finden muss,

d) in der Form von Heilsbotschaften verkündet, als Antwort auf Schicksalsfragen gegeben.

19. Ist im Text eine bestimmte **weltanschauliche Auffassung** erkenntbar? Beschreiben Sie:

a) individualistisch ohne Anbindung an fremdbestimmende Kräfte und Lehren,

b) politisch, religiös, ideologisch,

c) konservativ – progressistisch – liberal – fundamentalistisch.

20. Wie beurteilen Sie die **Aktualität** des Textes? Betrachten Sie die im Text dargestellten Themen, Probleme, Konflikte als überholt, anachronistisch, unzeitgemäß?

a) Beachten Sie den Zeitraum (Jahr, Jahrzehnt, Generation, Epoche) des Entstehens des Textes.

b) Bei aktuellen Texten, beachten Sie, aus welchem Land, welchem Kulturraum der Text stammt.

c) Vergleichen Sie mit gegenwärtigen Themen, Problemen, Konflikten.

21. Welche Bedeutung messen Sie den im Text beschriebenen Themen, **Problemen**, Konflikten zu? Beschreiben Sie:

   a) für Sie persönlich,

   b) für Gesellschaft, Staat,

   c) für die gegenwärtige Situation,

   d) für die künftige Entwicklung.

22. Inwieweit können wir den Reaktionen der Adressaten des Textes aus ihrem damaligen Verständnis heraus heute gerecht werden; können wir die Wirkung des Textes auf die **Rezipienten** im politisch-historischen Kontext heute einschätzen?

   a) Beachten Sie die zeitliche Differenz zwischen dem sprachlichen Ausdruck (Sprachkultur) zur Zeit der Entstehung des Textes und der Sprachkultur unserer Zeit (Stichwort: Pathos und emotionale Wirkung auf Rezipienten).

   b) Damaliges aktuelles Zeitgeschehen (die direkte kulturelle und politische Involviertheit des Rezipienten).

   c) Wertewelt der damaligen Zeit (Bsp.: allgemeine Moral, Akzeptanz des Begriffs von gerechter Strafe oder gerechtem Krieg).

   d) Autoritäts-, Popularitätsstellung des Autors/Redners (vgl. Begriff ‚Person der (damaligen) Zeitgeschichte').

e) Nennen Sie für den entsprechenden Text Beispiele, in denen deutlich wird, dass Autor und Rezipient keinen gemeinsamen, identischen Erkenntnishorizont teilen.

In welchen Punkten weichen Ihre Erfahrungs- und Vorstellungswelt von denen des Autors ab (Stand der Technik/Kommunikation (vom Morsezeichen bis Internet) /Massenmedien (Rundfunk, Film, Fernsehen) /naturwissenschaftlicher Erkenntnisstand der Zeit / Wertevorstellungen in Moral und Ethik/Sozio-ökonomische Bedingungen)?

IV. Fragen zu historisch-politischen Begriffen

Begriffsfelder: Europa, Demokratie, (Zeit)Geschichte, Nation, Staat, Volk, Parlament, Partei, allgemeine Fragen zu Politik und Medien

Vorbemerkung: Fragen sollen nicht fordernd (oder gar überfordernd) sein, sondern ermutigend aufgefasst werden, sich Gedanken zu machen zum jeweiligen Begriff, ihn grundsätzlich ‚hinterfragen‘ und Anregung geben, mit ihm zu ‚arbeiten‘, wenn der Wunsch besteht, ihn zu thematisieren für weitergehende Begriffsverwendungen

1) Arbeit

(vgl. Begriff Freizeit)
Erläutern Sie den Begriff Arbeit:

- a) Definieren Sie den Begriff lexikalisch.

- b) Geben Sie Beispiele unter historischen Gesichtspunkten: die Veränderung von Begriff, Formen und Inhalt der Arbeit. Beachten Sie Menschheitsepochen: Bibelaussagen zur Arbeit (AT Genesis 3, 17), Sklaven-, Fronarbeit, abhängige, selbständige Arbeit, Tag der Arbeit, Arbeitsethos mit seinen Wurzeln im protestantischen Lebensverständnis.

- c) Wo finden Sie in heutiger Zeit noch traditionelle oder archaische Formen der Arbeit (beachten Sie:

Traditionen der Handwerkskunst in hochentwickelten Ländern, archaische Produktionsformen besonders in Ländern Afrikas oder Asiens)?

d) Diskutieren Sie den Wandel der Arbeit seit dem Prozess der Automatisierung, Computerisierung, Digitalisierung der Arbeitsabläufe.

e) Diskutieren Sie den Wandel in den Einstellungen zur Arbeit: Arbeit als Sinnerfüllung, Begriff der entfremdeten Arbeit, Arbeit als Glücksverhinderung oder -verwirklichung.

f) Geben Sie eine sozial orientierte Begriffsbestimmung von Arbeit (unterscheiden Sie Freizeit im gesellschaftlichen Sinne von Muße im individuellen, subjektiven Sinne).

g) Welche Faktoren haben zur Zunahme der Freizeit im Arbeitsleben geführt (beachten Sie Industrialisierung, Computerisierung)? Geben Sie Beispiele.

h) Welche Konsequenzen hat die zunehmende Freizeit in der Gesellschaft (beachten Sie soziale, kulturelle Einrichtungen, Freizeitverhalten, Massentourismus etc.)?

i) Worin sehen Sie das Für und Wider zunehmender Freizeit in der Gesellschaft (beachten Sie das utopische Ideal von der arbeitsfreien Gesellschaft)?

j) Welche positiven und welche negativen Seiten erkennen Sie in der Redeweise: Man arbeitet, um zu leben, bzw. man lebt, um zu arbeiten?

2) Bevölkerungswachstum bzw. -rückgang

a) Unter welchen Gesichtspunkten sollte das Thema Bevölkerungswachstum behandelt werden? Diskutieren Sie den Begriff ‚Überbevölkerung'.

b) Führen Sie Regionen der Welt auf, für die die Bevölkerungszahl ein Überlebensthema geworden ist. Wie sollte das Thema

   i) national vom jeweils betroffenen Land,

   ii) international als globales Thema behandelt werden?

c) Welche Einflussfaktoren in den verschiedenen Gesellschaften sollten bei der Behandlung des Themas ‚Bevölkerungszuwachs' bzw. ‚Bevölkerungsrückgang' herangezogen werden (Stichworte: Klein-/Großfamilie, Ein-Kind-Familie in China, Familienplanung, Alterspyramide)?

3) Bildung

a) Definieren Sie den Begriff lexikalisch.

b) Geben Sie eine historische Begriffsbeschreibung (z.B. nennen Sie Personen, die sich mit dem Begriff besonders auseinandergesetzt haben (Wilhelm von Humboldt, Georg Pichts Schlagwort von der Bildungskatastrophe in den 1960er Jahren).

c) Warum ist der Humanismus und sein Menschenbild so eng mit dem Begriff Bildung verbunden (beachten Sie auch technische Möglichkeiten der Wissensverbreitung seit Erfindung des Buchdrucks)?

d) Welche Elemente gehören nach Ihrem Verständnis zur Bildung (beachten Sie Unterschiede zum Begriff Ausbildung)? Geben Sie Beispiele.

e) Welche Institutionen sehen Sie mit den Gebieten Bildung/Ausbildung besonders befasst? Welche Institutionen tragen Verantwortung im Bereich Bildung (unterscheiden Sie staatliche, private Einrichtungen)?

f) Wie bewerten Sie die Diskussion um Bildung und Ausbildung in Konkurrenz zu verschiedenen Ländern (Rangskalen, Pisa-Studie, Schul-, Hochschulausbildung, Berufsausbildung, Duales System in Deutschland)?

4) Bündnisse

a) In welchen Regionen, in welchen Epochen, zwischen welchen Staaten (seit der Antike) finden Sie länder- bzw. nationalstaatlich übergreifende Regelungen? Beachten Sie Allianzen, Bündnisse, Paktsysteme, Staatengemeinschaften, Föderationen.

b) Unterscheiden Sie: bilaterale/multilaterale Vertragsformen.

c) Unterscheiden Sie zwischen Schwerpunkten im politischen, wirtschaftlichen, militärischen Bereich.

d) Unterscheiden Sie überstaatliche Verbindungen auf freiwilliger Basis von solchen, die hegemonial bestimmt waren (vgl. z.B. Römisches Reich, Napoleon bis zu NATO und Warschauer Pakt).

5) Bücher

a) Unterscheiden Sie Printmedium bzw. Monographie ,Buch' von Printmedium bzw. Periodikum ,Zeitung' und ,Zeitschrift'. Geben Sie lexikalisch recherchierte Beispiele und kurze Begriffsbestimmungen der drei geläufigsten Printformen (Buch-Zeitung-Zeitschrift).

b) Diskutieren Sie die Aussage: ,Bücher können die Welt verändern'. Ziehen Sie berühmte Werke heran aus Geschichte, Politik, Kultur, wo die Auffassung vertreten worden ist, dass Bücher verändernden Einfluss auf den Verlauf von Geschichte, Politik gewonnen haben.

6) Demokratie

Unterscheiden Sie kritisch Formen der Demokratie historisch und aktuell:

a) Ziehen Sie folgende Begriffe heran: griechische Polis, konstitutionelle Demokratie, die westliche Demokratie, Volksdemokratie.

i) Geben Sie kurze Beschreibungen von historischen und utopischen Gesellschaftsmodellen: Volksdemokratie der früheren Deutschen Demokratischen Republik, Platons Philosophenstaat, Sonnenstaat Tommasio Campanellas, Hobbes' Leviathan, Thomas Morus' Utopia, Rousseaus Contrat Social oder Volonté générale, Orwells 1984, Dialektischer Materialismus von Karl Marx.

ii) In welchen Kriterien unterscheiden sich die utopischen Ansätze von heutigen verwirklichten und völkerrechtlich anerkannten Demokratieformen?

b) Prüfen Sie, ob die Aussage ‚Demokratisch verfasste Staaten führen keine Kriege gegeneinander' zutrifft. Nehmen Sie den Zeitraum nach dem Zweiten Weltkrieg. Differenzieren Sie zwischen Krieg und militärischem bzw. nicht-militärischem Konflikt.

7) Diktatur

a) Bestimmen Sie den Begriff lexikalisch – inkl. den Unterbegriffen totalitär, faschistisch. Unterscheiden Sie ideologische Komponenten, Formen der Einzelherrschaft (Stichwort: Militärdiktatur).

b) Finden Sie Kriterien, die für Diktaturen bezeichnend waren oder sind. Ziehen Sie Beispiele heran. Beachten Sie Herrschaftsstrukturen der jüngeren Geschichte unter den Merkmalen

i) geopolitische Lage (Europa, Süd- und Mittelamerika, Afrika, arabischer Raum, Asien),

ii) zeitlich (bis wann und wo als ausgeprägte diktatorische Regierungsform nachweisbar),

iii) personenbezogen (nennen Sie Namen derer, die historisch oder zeitgeschichtlich als Diktatoren gelten),

iv) personenbezogen und ideologisch (unterscheiden Sie zwischen faschistischen und kommunistischen Diktaturen, z.B. Hitler, Stalin).

8) **Elite**

   a) Definieren Sie den Begriff lexikalisch

   b) Unterscheiden Sie Elite von Prominenz: Beachten Sie: Elite als stabile Gesellschaftsgruppe. Wie weit ist Elite gebunden an soziale Gruppe, Bildungsstand, Popularität, Unabhängigkeit von gesellschaftlichen Moden und Trends? Wie stehen Elite und Prominenz zur öffentlichen Meinung?

   c) Welche Gruppen, Personen zählen Sie zur Elite ihres Landes?

9) **Entdeckungen**

   a) i. S. **naturwissenschaftlicher** Entdeckungen: Finden Sie Beispiele großer naturwissenschaftlicher Entdeckungen und technischer Erfindungen (Quelle: z.B. Nobelpreisträger). Überlegen Sie, welche Auswirkungen die Erfindungen

       i) auf das jeweilige Forschungsgebiet,

       ii) im weiteren Zusammenhang auf das tägliche Leben,

       iii) auf das öffentliche bzw. politische Leben gehabt haben.

   b) Finden Sie Beispiele **geographischer** Entdeckungen in der Neuzeit. Überlegen Sie, welche Auswirkungen die Entdeckungen für das jeweilige Land

i)   kulturell, sozial,

ii) politisch,

iii) und für das entdeckte Gebiet kulturell, sozial,
     politisch gehabt haben.

10) Europa

(01)   **Entwicklung Europas**

a)   Kennzeichnen Sie tabellen- bzw. stichwortartig
     die Stadien in der Entwicklung Europas vom 1.
     Jahrhundert bis in die Neuzeit nach den historisch
     traditionellen Kriterien wie z.B. prähistorische,
     historische (seit Schriftaufzeichnungen), helleni-
     sche, römische Zeit, Stauferzeit, Absolutismus.
     Vermerken Sie einschneidende Kriegsereignisse
     (30-, 7-, 100-jähriger Krieg).

b)   Geben Sie kurze chronologische Höhepunkte, in
     welcher Weise die historischen Entwicklungen Eu-
     ropa als kontinentale **Einheit** auszeichneten, aber
     auch trennten: Antike, Mittelalter, Renaissance,
     Reformation, Aufklärung, Humanismus.

(02)   **Idee Europa**

a)   Geben Sie Charakterisierungen, in welcher Weise
     die geistes- und politikgeschichtlichen Ausprägun-
     gen Europa als kontinentale **Idee** auszeichneten.
     Unterscheiden Sie

i) gemeinsame geographische/klimatische und daraus ableitbare geopolitische Zusammenhänge,

ii) religionsgeschichtliche Gemeinsamkeiten (denken Sie an Papsttum, Kaisertum); wägen Sie ab zwischen Gemeinsamkeiten und Unterschiedlichkeiten.

iii) Beschreiben Sie übergreifende Epocheneinteilungen, wie Antike, Mittelalter, Renaissance, Reformation, Aufklärung, Humanismus, aber auch: Imperialismus, Kolonialismus.

(03) Europäische Kultur

Finden Sie Beispiele, bei denen dieser Begriff begründet erscheint. Wählen Sie einzelne Gebiete aus und nennen Sie Namen und Leistungen, geben Sie kurze Beschreibungen nach folgenden Kriterien:

a) Rechtsauffassung (z.B. römisches Recht, Kirchenrecht, Reichsrecht), Geistesleben: Wo würden Sie von europäischem Geistesleben sprechen, im Sinne eines länderübergreifenden kulturellen Austauschs? Denken Sie an humanistisches ‚Netzwerk', v. a. markant in der Person Erasmus von Rotterdam.

b) Religionsauffassung, religiöses Leben (z.B. Klostergründungen, länderübergreifendes Ordensleben).

c) Kunst und Wissenschaft: Scholastik, Renaissance, Philosophie, Wissenschaft (z.B. Universitätsgründungen), bildende Kunst-, Musik- und Literaturrichtungen.

d) Wirtschaftsverflechtungen (z.B. Hanse, Fugger, Handelsstraßen Ost-West, Nord-Süd, Messeplätze wie Leipzig oder Frankfurt am Main).

e) Finden Sie Beispiele, die gegenläufig zur europäischen Kultur gewirkt haben bzw. zerstörerisch. Nennen Sie Beispiele, Namen und Begriffe (z.B. faschistisches, nationalistisches Gedankengut, europäische Kriege, Religionskriege).

(04) **Europäische Union**

a) Erklären Sie die historische Debatte zu den Begriffen: Europa der Vaterländer; (1959, Begriff in der Regierungserklärung des französischen Premierministers Debré); Vaterland Europa.

b) Was könnten auf die Entwicklung Europas bezogene Gründe dafür sein, dass sich Demokratien in einigen Ländern reibungsloser entfaltet haben als in anderen (beachten Sie Auswirkungen von Krieg, Weltanschauung, Religion und Kirche in den einzelnen Ländern in Nord-, Mittel- und Südeuropa)?

c) Verfolgen Sie die nationale Entwicklung von europäischen Staaten Ihrer Wahl im Verlauf ihrer Geschichte unter folgenden Gesichtspunkten und ziehen Sie Vergleiche. Ordnen Sie Epoche/Jahrhundert zeitstrahlförmig den jeweiligen Aspekten zu: Kolonialismus – Militarismus – Kulturelle Entwicklung – Monarchie/Feudalismus – Zentralismus – Föderalismus – Demokratie-Parlamentarismus – wirtschaftliche Entwicklung.

d) Finden Sie Gründe für das Bestreben weiterer europäischer Staaten um Aufnahme als Mitglied in die EU. Beschreiben Sie kurz die einzelnen Gründe für die Vorteile. Welche Nachteile werden in Kauf genommen (Stichwort: Souveränitätsrechte)?

11) Europa und die USA

Beschreiben Sie die gemeinsamen historisch-politischen Bindungen und Entwicklungen sowie Trennendes und Gemeinsames zwischen Europa und den USA.

a) Beginnen Sie mit der Zeit der Gründungsphase der 13 Gründerstaaten der USA (Unabhängigkeitserklärung 1776).

b) Beachten Sie die Einwanderungswellen. Welche Staaten hatten die höchsten Anteile an den Einwanderungszahlen?

c) Beschreiben Sie die Rolle der USA an den beiden Weltkriegen 1914-1918 und 1939-1945. Nennen Sie politische, wirtschaftliche, militärische Gründe, Motive, Anlässe für amerikanische Interventionen in das europäische Kriegsgeschehen.

d) Charakterisieren Sie die Phase des Kalten Krieges und die Rolle USA – Europa zwischen 1945 und 1990.

e) Charakterisieren Sie die Entwicklung seit dem Ende der west-östlichen Blockteilung und unterschiedliche politische, wirtschaftliche, militärische Perspektiven für USA und Europa (Stichworte: *Pax americana*, Rolle der EU, Problematik von Freihandelsabkommen (vgl. TTIP, Transatlantic Trade and Investment Partnership), der NATO, der UNO). Ziehen Sie Beispiele der zeitgeschichtlichen

Ereignisse heran, z.B. Irakkriege 1991, 2004, Arabische Revolution, Ukraine-Krise.

12) Fortschritt

Untersuchen Sie den Begriff kritisch lexikalisch. Gehen Sie auf den Begriff ein auf folgenden Gebieten:

a) Fortschritt in der Geschichte.

b) Fortschritt in Wissenschaft bzw. Forschung.

Was ist mit Fortschritt gemeint? In welchem Verhältnis steht er zu Begriffen wie Entwicklung, Evolution, Moral, Ethik, Natur, Kulturen?

Wie ist der Gegensatzbegriff ‚Rückschritt' zu beurteilen?

In welchen Zusammenhängen sehen Sie den Begriff positiv oder negativ?

Beachten Sie Begriffe wie Fortschrittsgläubigkeit.

13) Freiheit

Untersuchen Sie den Begriff im politischen Zusammenhang lexikalisch. Unterscheiden Sie: persönliche Freiheit, Gewissensfreiheit, Freiheit der Wissenschaft.

a) Welche Konsequenzen ergeben sich aus den Begriffen in ihrer konkreten Anwendung? Beachten Sie soziale Verträglichkeit, soziale Verantwortung, ethische Grenzen.

b) Wie stehen folgende Begriffe in Beziehung zum Begriff Freiheit: Konformismus, Solidarität, Vermassung? Finden Sie weitere Begriffe.

14) Freizeit

(s. auch Arbeit)

Bestimmen Sie den Begriff lexikalisch.

Untersuchen Sie den Begriff in folgenden Zusammenhängen:

a) Urlaub, Arbeitszeitverkürzung, Industrialisierung, Automatisierung.

b) Vergleichen Sie Auffassung, Einstellung, Verständnis von Urlaub heute und in früheren Generationen. Wählen Sie: Eltern-, Großelterngeneration, historische Perspektive (z.B. zur Zeit der Industrialisierung, Sozialschilderungen in klassischen Werken, etwa bei Charles Dickens).

c) Setzen Sie die Begriffe Freizeit und Urlaub in Verbindung mit Begriffen wie Bildungsreise, bürgerliche und aristokratische Einstellung zu Arbeit und Freizeit, Motive für Reisen, Urlaub und Reisen in der Massengesellschaft, Urlaubsregelungen in Ihrem Land bzw. in anderen Ländern (beachten Sie Urlaubstage, Urlaubsgeld).

d) Finden Sie Unterschiede in den Auffassungen und Einstellungen zu Urlaubs-, Reise- und Freizeitgestaltungen verschiedener sozialer Gruppen (beachten Sie z.B. Begriffe wie Aktivurlaub, sportliche Aktivität als Freizeitelement, Abenteuer, Pauschalreise, Trends und Moden).

e) Diskutieren Sie Urlaub und Reisen als Wirtschafts-
faktor. Beachten Sie 'Dritte-Welt'-Länder, Massentourismus, sanfter Tourismus, wirtschaftliche,
soziale und kulturelle Auswirkungen auf die Bevölkerung.

f) Diskutieren Sie den Spruch: 'Urlaub ist die
schönste Zeit des Jahres'. Welches Verständnis
von Arbeit steckt dahinter?

15) Frieden

Geben Sie die lexikalische Begriffserklärung.

Nennen Sie Beispiele von Friedensinitiativen aus Geschichte und Gegenwart:

a) Nennen Sie herausragende Personen, die mit persönlichem politischem oder humanitärem Einsatz
für Frieden verbunden waren oder sind.

b) Nennen Sie institutionelle Einrichtungen, die sich
mit Frieden und Konfliktlösung befassen (unterscheiden Sie Institutionen zwischen politischen,
internationalen Organisationen und non-governe-
mental Organisations, NGOs).

c) Untersuchen Sie Ansätze für das Erreichen eines
allgemeinen Friedens. Beachten Sie philosophische Ansätze und Entwürfe, z.B. Erasmus, Thomas
Morus (Utopia), Hobbes, William Penn, J. Bent-
ham (basierend auf Vernunft), Kant (Sinn des Friedens a priori, nicht relativierbar, 'Vom ewigen
Frieden'), Hugo Grotius (Völkerrecht für alle Staaten), Fichte (konkretere Überlegungen, wie Frieden zu erreichen, z.B. Friedensarmee), A. Comte

(positivistische, mechanisch-statische Modelle), Übergang von militärischer zur industriellen Gesellschaft, Übergang der Friedensidee in institutionalisierte Formen, z.B. Völkerbund, Friedensforschung als wissenschaftliche Disziplin (vgl. Czempiel u. a.).

d) Unterscheiden Sie Anstrengungen im Zusammenhang einer konkreten Konfliktlösung (beachten Sie: internationaler Aspekt, z.B. Friedenskonferenzen; bilateraler Aspekt, Einsatz der Politik in bilateralen Konflikten, Verzicht auf Prinzip der Nichteinmischung in innere Angelegenheiten eines Staates (Pro- und Contra-Argumente), Internationaler Gerichtshof in Den Haag, OSZE).

16) Fundamentalismus

Der Begriff findet sich in der politischen und religiösen Diskussion.

a) Beschreiben Sie den Begriff lexikalisch. Unterscheiden Sie politisch, weltanschaulich-ideologisch, religiös.

b) Prüfen Sie, in welchem Zusammenhang dieser Begriff Ihnen begegnet ist.

c) Prüfen Sie, wie der Begriff Fundamentalismus sich negativ abgrenzt vom positiv besetzten Begriff des Orthodoxen. Was unterscheidet die beiden Begriffe?

17) Geschichte

Geben Sie eine definitorische Eingrenzung des Begriffs Geschichte.

(01)   Geschichtsschreibung

Suchen Sie Beispiele unterschiedlicher Geschichtsdarstellung nach folgenden Gesichtspunkten:

a) Finden Sie Namen von Historikern, die in der Geschichtsschreibung seit der Antike (griechische, römische, neuere, neueste Geschichte) bis in die heutige Zeit Bedeutung erlangt haben.

b) Geben Sie Beispiele darüber, welche Arten von Quellen die Geschichtsdarstellung genutzt hat. Beachten Sie die Fußnoten und Literaturangaben.

c) Untersuchen Sie Texte, die Ereignisse der Vergangenheit in unterschiedlicher Weise darstellen, z.B. beschreibend (narrativ), erklärend, analysierend, deutend.

d) Unterscheiden Sie an Beispielen verschiedene Ansätze der Geschichtsschreibung, differenzieren Sie verschiedene Ansätze zwischen

   i)   weltanschaulich, ideologisch,

   ii) chronologisch, beschreibend

   iii) analytisch, strukturell.

e) Was versteht man unter dem Begriff ‚Historismus‘?

f) Was versteht man unter dem Begriff ‚Historikerstreit‘?

(02) Geschichtsauffassungen

Untersuchen Sie verschiedene Geschichtsauffassungen unter dem Gesichtspunkt dessen, was als Ziel und Zweck der Geschichte verstanden wird oder was als bedrohliche Zukunft prognostiziert wird.

a) Nennen Sie die Hauptaussagen: Ziehen Sie religiöse, philosophische, weltanschauliche Lehren oder zukunftskritische Werke heran. Beachten Sie dabei Namen wie Hegel, Marx, Spengler, Bloch, Orwell, Fukuyama, Huntington.

b) ‚Können wir aus der Geschichte lernen?‘ Erörtern Sie diese Aussage. Welche Voraussetzungen (vgl. kollektives Gedächtnis, notwendigerweise gleiche Wertung und Beurteilung historischer Vorgänge) müssten bestehen, um aus der Geschichte lernen zu können?

   i) Welche Konsequenzen entstehen aus der Bejahung,

   ii) der Verneinung der Frage?

c) Diskutieren Sie die Aussage (des amerikanischen Politologen Francis Fukuyama), dass die Geschichte an ihr Ende gekommen sei. Beachten Sie den Verlauf der Geschichte hin zu weltweiten demokratischen Strukturen und die entsprechenden Konsequenzen (beachten Sie Folgen der Globalisierung und global vernetzter, immer identischer werdende Strukturen). Geben Sie Beispiele. Welche Gegenläufigkeiten beobachten Sie in zeitgeschichtlichen Verläufen der Zeit nach dem Zwei-

ten Weltkrieg (beachten Sie Beispiele aus natio-
nal-nationalistischer, religiös-gottesstaatlicher
Richtung).

(03) **Gedenkformen in der Geschichte**

Diskutieren Sie den Einfluss, den historisch-politische Gedenkformen für das historische und politische Bewusst-
sein von Geschichte und Vergangenheit haben.

a) Gehen Sie auf Formen ein wie: Gedenktag, nationale (in Deutschland: 3. Oktober), religiöse Feier-
   tage, Todestage, Jubiläen, Umzüge, Arbeit historischer Vereine, Editionen, Denkmäler, Monumen-
   te, Beflaggung. Finden Sie Beispiele, werten Sie
   und stellen Sie einige Formen wertend einander
   gegenüber.

b) Welche Bedeutung für das historische Verständnis in der Gesellschaft und für Sie selbst haben die
   verschiedenen Formen des Gedenkens an historische Ereignisse und Personen: hinsichtlich Identi-
   fizierung, Popularisierung, Multikulturalität,
   Nationalgefühl, Personenkult? Welche kritischen
   Aspekte sehen Sie in der Tradition historischer
   Gedenkformen?

(04) **Männer der Geschichte**

Erörtern Sie die Aussage: ‚Männer machen Geschichte'.

a) Erörtern Sie die grundsätzliche Frage, ob der Einfluss einzelner Individuen (Herrscher, Staatsmänner, Heerführer) als bedeutend, prägend und rich-
   tungsgebend für geschichtliche Verläufe ist, oder

ob die Geschichte notwendigen Gesetzen bzw. einem notwendigen Verlauf folgt, auf den Einzelpersönlichkeiten letztlich keinen Einfluss haben.

b) Projizieren sich also die politisch-sozialen-ökonomischen Bedingungen in herausragenden politischen Personen? Finden Sie Beispiele, die die Aussagen eher bestätigen oder eher nicht bestätigen.

c) Finden Sie Historiker, in deren Geschichtsschreibung

i) eher die historische Persönlichkeit steht,

ii) eher gesamtgeschichtlicher Verlauf und Strukturen deutlich werden,

iii) eher ökonomische, geopolitische, technische Faktoren den Geschichtsverlauf bestimmen.

(05) **Frau in der Geschichte**

Untersuchen Sie die Rolle der Frau in der Geschichte.

a) Nennen Sie bedeutende Herrscherinnen der Geschichte, ihre jeweilige Stellung, bzw. Herrscherfunktion und das betreffende Land (seit dem alten Ägypten).

b) Geben Sie eine Einschätzung des historisch überlieferten Einflusses der jeweiligen Herrscherin. Untersuchen Sie auch Frauengestalten, die als Familienangehörige oder Begünstigte im Herrscherhaus großen Einfluss ausgeübt haben und in welcher Weise.

c) Nennen Sie bedeutende Frauen in hoher politischer Funktion in demokratisch verfassten Staaten der jüngsten Geschichte und in heutiger Politik (seit dem zweiten Weltkrieg).

(06) **Herrschaftsformen in der Geschichte**

Finden Sie Beispiele für Herrschaftsformen und charakterisieren Sie unter den Gesichtspunkten:

a) Zentralismus, Dezentralismus, Regionalismus, Föderalismus, Lehnwesen, Feudalismus, theokratische, oligarchische und demokratische Verfassungen.

b) Untersuchen Sie die Beispiele im Hinblick auf Machtverteilung, Machtkontrolle, Gewaltenteilung. Welche Staatsorgane, welche institutionelle Einrichtungen (Bund, Länder, Gemeinden), welche Teile der Bevölkerung, welche Gruppen profitieren in Einfluss und Macht innerhalb des Staates von der jeweiligen Herrschaftsform?

c) In welchen Epochen, in welchen Staaten hatten sich jeweilige Herrschaftsformen besonders ausgeprägt? Unterscheiden Sie u. a. zwischen Stadt- und Flächenstaaten. Finden Sie Legitimationsgrundlagen (religiöse, säkulare, demokratische) für die jeweilige staatliche Herrschaftsform.

d) Untersuchen Sie, welche Herrschaftsformen es in welchen europäischen Regionen und zu welchen Zeiten gab. Wählen Sie den Zeitraum: von der Polis bis zu den Demokratien der Nachkriegszeit

(Gruppenarbeit, Mittel: Zeitstrahl oder Koordinaten, Zuordnung der Zeit/Epoche zu geographischer Region).

(07)   Herrscher

Stämme, Länder, Staaten, Nationen sind gekennzeichnet von unterschiedlichen Rangzuweisungen an ihre obersten Repräsentanten.

a)   Nennen Sie Formen des Herrscherkults und Titelgebungen für die Herrscher von der Antike bis in das 20. Jahrhundert (zurückgehend auf das Alte Ägypten über Diktaturen und totalitäre Staaten bis zu den demokratisch verfassten Staaten).

b)   Weisen Sie die Bezeichnungen für Herrscher bzw. Repräsentanten der jeweiligen Staatsform zu.

c)   Beschreiben Sie die Ernennungsform des jeweiligen Herrschers, Repräsentanten (unterscheiden Sie usurpatorische oder erbrechtliche von staatsrechtlichen, diktatorische von demokratisch-konstitutionellen Formen).

(08)   Großreiche

Schaffung von Großreichen. Wie beurteilen Sie die Schaffung sogenannter Großreiche bzw. Universalstaaten (als zusammenhängende Gebiete)?

a)   Berücksichtigen Sie Beispiele von der Antike bis in die Gegenwart (z.B. Reich Alexander des Großen, Römisches Reich, Mongolenreich, Osmanisches

Reich, Frankreich unter Napoleon, Britisches Empire, Österreichische K & K-Monarchie, Zarenreich bis zur Sowjetunion, Staatsbildung der USA, aber auch Drittes Reich). Beachten Sie auch die geopolitische Lage der expandierenden Reiche.

b) Stellen Sie Unterschiede bzw. Gemeinsamkeiten zwischen einigen Reichen Ihrer Wahl heraus.

c) Mit welchen Maßnahmen, Mitteln wurde versucht, die eroberten Gebiete in ein einheitliches staatliches Gebilde (z.B. Reich) zusammenzuführen und zu halten? Auf welche Legitimationen und Begründungen wurde sich berufen? Nehmen Sie kritisch Stellung (Beispiel der Nachkriegszeit: ehemaliges Jugoslawien).

d) Welche Einstellung bzw. Behandlung herrschte gegenüber der Bevölkerung (Stämme, Völker) der eroberten Gebiete, welche Rechtsstellung wurde ihr eingeräumt? Beachten Sie Begriffe wie Barbaren, Sklaven, Untertanen, Bürger.

e) Finden Sie Unterschiede und Gemeinsamkeiten in den Persönlichkeiten von Eroberern, Gründern, die das Entstehen großer Reiche wesentlich bestimmten. Welche Namen sind bis in die neueste Geschichte mit Eroberung verbunden (seit Alexander dem Großen)?

f) Was unterscheidet die historische Entwicklung und die staatliche Struktur der multiethnischen Föderationsstaaten USA und die ehemalige Sowjetunion?

g) Untersuchen Sie die Folgen für die erobernde und eroberte Seite. Unterscheiden Sie positive von negativen Folgen (Stichworte: Provinz, Kolonialisierung, Kulturtransfer, Missionierung (Islamisierung, Christianisierung), Kulturzerstörung). Geben Sie Beispiele.

h) Forschen Sie nach, was aus den großen Reichen geworden ist (nehmen Sie Beispiele wie das von Alexander d. Gr., Dschinghis Khan bis Napoleon oder Hitler). Was wurde aus den Reichen nach dem Tod großer Eroberungspersönlichkeiten? Prüfen Sie, wo es noch Strukturen, Elemente, kulturelles Erbe gibt, die aus Zeiten der Eroberungen stammen (z.B. maurische Kultur in Spanien). Finden Sie Beispiele.

18) Hegemonie

a) Geben Sie eine definitorische Bestimmung des Begriffs.

b) Bestimmen Sie die Begriffe ‚Expansion‘, ‚Usurpation‘, ‚Hegemonie‘ lexikalisch. Unterscheiden Sie zum Begriff ‚Kolonialismus‘ (Gebiete weit abgelegen vom eigenen Landesterritorium). Nennen Sie Länder, die eine ausgeprägt expansive Politik betrieben haben (Stichwort: Schaffung von Großreichen bis in die Neuzeit, Bsp. Sowjetunion, China).

c) Untersuchen Sie Gründe für hegemoniales Streben bzw. Eroberungsstreben bzw. Expansionismus oder Imperialismus in der Geschichte.

d) Bestimmen Sie Gründe für kriegerische Eroberungen. Unterscheiden Sie

    i)   dynastische Gründe

    ii)   religiöse, wirtschaftliche bzw. bevölkerungsbedingte (Anwachsen der Bevölkerung im angestammten Raum, Stichwort: Völkerwanderungen) Gründe.

e)   Untersuchen Sie gesondert den hegemonialen Aspekt des militärischen Vormachtstrebens. Untersuchen Sie Gründe, Rechtfertigungen, Triebkräfte für territoriale Eroberungen. Unterscheiden Sie sachlich nachvollziehbare Gründe von Gründen, die in der Persönlichkeit des Usurpators liegen. Nennen Sie Beispiele.

f)   Welche Konsequenzen (sozial, politisch, ökonomisch, kulturell) hat hegemoniale Politik (auch i. S. Expansionsstreben) für die dominierten Völker, Ethnien in den beherrschten Gebieten? Welche Konflikte bestehen bis in die heutige Zeit?

19) Ideologie

a)   Bestimmen Sie den Begriff im politischen Sinne lexikalisch.

b)   Welche Staaten des ehemaligen Ostblocks waren bis zu dessen Zusammenbruch nach ideologischen Prinzipien geführt und welche Begriffe wurden dafür verwandt (unterscheiden Sie: kommunistisch, sozialistisch, volksdemokratisch)?

c)   Beschreiben Sie die Folgen für einen Staat, dessen Verfassungsform auf den Lehren einer Ideologie gründet unter folgenden Kriterien und wählen Sie ein Land des früheren Ostblocks mit kommunistischer Ideologie: nach Parteiensystem, Gewaltenteilung, Grundrechten, Stellung des Richters. Demokratische Prinzipien: Macht auf Zeit, Mehrheitsentscheidung, rechtliche Gleichheit, grundsätzliche Chance der Minderheit, zur Mehrheit zu werden.

20) Islam

Ziehen Sie einen Vergleich der beiden religiösen Gemeinschaften Christentum und Islam unter folgenden Gesichtspunkten:

a) Historische Wurzeln, geographische Ausgangspunkte, Vergleich der hauptsächlichen religiösen Verkünder.

b) Wesentliche religiöse Grundprinzipien und hierarchische Gliederung in den beiden Lehren (vgl. Monotheismus, Verkündigungsformen).

c) Jeweilige Verhältnisse zwischen Glaubensgemeinschaft und Staat.

d) Gemeinsamkeiten der beiden Religionsgemeinschaften (vgl. Gottes- und Schöpferbild).

e) Jeweilige historische Phasen religiöser Missionierung und Eroberungen.

f) Durch welche historischen Geschehnisse sind Feindbilder zwischen den beiden Glaubensgemeinschaften entstanden (Bsp. Kreuzzüge)?

21) Kolonialismus – Imperialismus

a) Definieren Sie beide Begriffe unabhängig voneinander lexikalisch.

b) Nennen Sie jeweilige Merkmale. Unterscheiden Sie wie folgt:

i) Historische Einordnung; welche Länder lassen sich zuordnen, welche historische Epoche ist besonders ausgeprägt, welche historisch-politischen, wirtschaftlichen, militärischen Voraussetzungen haben Kolonialismus / Imperialismus ermöglicht?

ii) Welche geographischen Regionen waren von kolonialistischen/imperialistischen Einflussnahmen betroffen?

iii) Welches Staats- und Kulturverständnis kennzeichnete Länder mit kolonialistischem/imperialistischem Verhalten?

Beurteilen Sie das Verhältnis zu anderen Begriffen wie Industrialisierung, Militarismus, Rassismus, Nationalismus, Eurozentrismus. Begründen Sie.

22) Konfliktbewältigung

a) Geben Sie Beispiele für Institutionen, die sich mit politisch-militärischen Konflikten und ihrer Bewältigung befassen.

b) Nennen Sie Beispiele für Lösungswege und –mittel, die einen Beitrag zur Konfliktbewältigung leisten sollen.

Unterscheiden Sie entsprechend: politische Lösungen und angestrebte Vereinbarungen: national, bilateral, international.

c) Finden Sie Beispiele erfolgreicher Krisenbewältigung aus der Geschichte bis in die Jetztzeit.

Bei historischen Texten: vor allem Allianzen, Bündnisse, Kongresse, bilaterale Verträge. Bei Texten der Zeit nach dem Zweiten Weltkrieg: UNO, EU, OSZE, internationale Gerichtshöfe.

d) Militärische Lösungen: Prüfen Sie, ob im Alleingang (wie? Angriffs-, Verteidigungskrieg, Präventivschlag, im Verband mit Alliierten; nennen Sie Militärbündnisse).

e) Enthält der Lösungsweg die Problematik der Nichteinmischung in die inneren Angelegenheiten eines anderen Staates i. S. des Selbstbestimmungsrechts eines Volkes?

f) Finden Sie Beispiele, die das Prinzip der Nichteinmischung in innere Angelegenheiten durchbrochen haben (vgl. Menschenrechtsverletzungen und ihre Auswirkungen auf andere Staaten z.B. Flucht, Vertreibung, Migration). Welcher Art sind Einflussnahme und Intervention?.

g) Beachten Sie Veränderungen in der nationalen und internationalen Gesetzgebung (Europarecht) und Gerichtsbarkeit (z.B. Haager Gerichtshof).

23) Krieg

a) Suchen Sie Begriffsbestimmungen aus lexikalischer Quelle.

b) Diskutieren Sie die Aussage

   i) des griechischen Philosophen Heraklit (544-484) ‚Der Krieg ist der Vater aller Dinge' (entspricht hier der Begriff ‚Krieg' dem heutigen Verständnis?)

   ii) Carl v. Clausewitz' ‚Vom Kriege' (1832): ‚Der Krieg ist nichts als die fortgesetzte Staatspolitik mit anderen Mitteln'.

Beurteilen Sie die Clausewitz-Aussage:

   iii) Aus damaliger Sicht: Bis etwa in welches Jahrzehnt fand diese Aussage kritiklos allgemeine Akzeptanz? Wie erklärt sich die Akzeptanz?

   iv) Wie wird die Aussage aus gegenwärtiger Sicht beurteilt? Bedeutet die Aussage, dass Überlegenheit in Kriegstechnik auch Rechtfertigung für militärisches Eingreifen darstellt? Wie rechtfertigen Großmächte wie die USA und Russland militärische Aktionen? Nennen Sie Beispiele.

c) Fertigen Sie eine tabellarische Aufstellung von zeitlich-historisch abgrenzbaren Kriegen der Neuzeit an (z.B. 30-jähriger Krieg, Schlesische Kriege, Deutsch-Französischer Krieg von 1871, die beiden Weltkriege, Koreakrieg, Vietnamkrieg, Golfkrieg).

d) Nehmen Sie Einteilungen vor:

   i) Zeitraum,

   ii) Kriegsgründe.

Unterscheiden Sie, wo möglich, in: Ursachen, Anlässe, Auslöser; Rolle: Angreifer – Verteidiger.

e) Unterscheiden Sie die Begriffe: Krieg, Bürgerkrieg, Bandenkrieg, Befreiungskampf, Terrorismus, asymmetrischer Krieg. Geben Sie Beispiele. Unterscheiden Sie zwischen- und innerstaatliche Auseinandersetzungen und Übergangszustände zerfallender Staatengebilde (Bsp. Jugoslawien).

f) Untersuchen Sie Anlässe für kriegerische Konflikte zwischen Staaten oder staatsähnlichen Gebilden in Geschichte und Gegenwart. Unterscheiden Sie zwischen Anlass und Ursache.

g) Fertigen Sie eine Liste von Konfliktfeldern an. Beachten Sie Anlässe und Interessenkonflikte, Interessenssphären zwischen ethnischen Verbänden (seit Völkerwanderungswellen) bzw. Staaten aus religiösen, politischen, sozialen, wirtschaftlichen, militärischen Gründen.

h) Unterscheiden Sie die Anlässe

   i) nach vordergründigen, auslösenden Faktoren für Konflikte,

   ii) nach tiefer liegenden Ursachen,

   iii) für allgemeine Spannungen und Feindseligkeiten zwischen staatlichen oder regionalen Verbänden oder für kriegerische, militärische Auseinandersetzungen (beachten Sie: Blockbildungen, Länderteilungen, politisch erfolgte, willkürliche, geometrisch verlaufende, Ethnien trennende bzw. zusammenführende Grenzziehungen, (un)kontrollierte Waffenproliferationen).

i) Wo ließen sich im europäischen Raum erste über-
regionale, überstaatliche, multilaterale Konfliktlö-
sungen erkennen? Beachten Sie Papsttum, Kaisertum, Hanse, bis zu Bündnissystemen nach dem
Ersten Weltkrieg.

24) Kultur

a) Bestimmen Sie den Begriff lexikalisch (z.B. Definition des Bundesverfassungsgerichts: Kultur ist die
Gesamtheit der innerhalb einer Gemeinschaft
wirksamen geistigen Kräfte, die sich unabhängig
vom Staat entfalten und ihren Wert in sich tragen, s. auch GG, z.B. Art. 30 zur Kulturhoheit).

b) Welche Lebensbereiche werden zur Kultur ge-
zählt (z.B. Bildung, Kunst, Forschung und Lehre,
religiöses Leben, Brauchtum)? Was ist Ihre Auffassung zur Bedeutung der einzelnen Kulturbereiche
und deren Schutz und Pflege?

c) Welche menschlichen Schöpfungen gelten als Kulturleistungen? (Beachten Sie den UNESCO-Begriff
‚Erbe der Menschheit'.) Welche Kulturleistungen
werden geschützt? Überlegen Sie, warum Güter
bzw. Werke dieser Art geschützt werden.

d) Diskutieren Sie kritisch den Begriff Kulturpolitik.

Beachten Sie den Konflikt in der Spannung: Kultur – Partei,
Kultur – Ideologie, Kultur – öffentliche Förderung.

e) Diskutieren Sie, ob und in welchem Umfang es national geprägte Kultur, z.B. auf den Gebieten Literatur, bildende Kunst, Architektur gibt. Beachten

Sie übernationale Einflüsse auf die jeweiligen Kulturbereiche (wann und woher?), untersuchen Sie Künstlerbiographien auf ihre Einflüsse hin, die sie in ihr Werk aufnahmen, denen sie ausgesetzt waren.

25) Liberalismus

a) Schlagen Sie lexikalische Bestimmungen zum Begriff Liberalismus nach.

b) Finden Sie Argumente und/oder Gegenargumente der Maxime des Liberalismus: ‚So wenig Staat wie möglich, so viel Staat wie nötig'.

c) Wie verbinden Sie nach liberalem Konzept eines freien Wettbewerbs den Widerspruch: Ablehnung von Monopolwirtschaft bei zunehmender Macht von multinationalen Konzernen?

d) Suchen Sie Beispiele zu der Aussage, wonach eine Gesellschaft nicht durch eine liberale Verfassung frei wird, sondern freie Gesellschaften bringen liberale Verfassungen hervor. Beachten Sie die Entstehung demokratischer Verfassungen (einschließlich Hellas).

26) Macht

a) Grenzen Sie den Begriff lexikalisch (definitorisch) ein.

b) Unterscheiden Sie persönliche, politische Macht. Was dokumentiert Macht?

c) Wie beurteilen Sie Macht?

d) Unterscheiden Sie: Handlungsspielraum, Insignien der Macht, welche?

e) Ihre Auffassung: Wie viel Macht ist gerechtfertigt, nötig, wo ist Macht vor allem Selbstzweck und Inszenierung? Ziehen Sie Beispiele aus Geschichte und Politik heran.

27) Marx

Nehmen Sie Stellung zu dem Satz von Karl Marx (1818-1883): ,Die Philosophen haben die Welt nur verschieden interpretiert, es kommt aber darauf an, sie zu verändern'.

28) Medien

a) Gehen Sie auf den Begriff ein mit Blick auf Medien i. S. Massenmedien (welche Medien zählen Sie dazu?).

b) Sollte der Staat im Bereich der Medien regulierend eingreifen? Beachten Sie Art. 5 GG, Bedeutung der Meinungsfreiheit. Unterscheiden Sie zwischen den Begriffen ,veröffentlichte Meinung' und ,öffentliche Meinung'.

c) Wie sehen Sie die Rolle der Medien als Regulativ gegenüber den Staatsgewalten? Warum wird von der Presse als 4. Gewalt gesprochen? (Beachten Sie Begriffe wie Investigativer Journalismus, Aufdeckung von Korruption, Machtmissbrauch etc.) Ziehen Sie auch den Begriff ,Informationsgesellschaft' heran. Ziehen Sie einen Vergleich mit der Presse in diktatorischen Staaten (finden Sie zeitgeschichtliche Beispiele).

d) Diskutieren Sie die Funktion und Unterschiedlichkeit öffentlich-rechtlicher und privater Medien (beachten Sie BVG Urteil zum ‚Adenauer-Fernsehen'‚).

e) Diskutieren Sie die Gewichtung, die die Massenmedien untereinander haben. Beziehen Sie als Massenmedium mit ein: Zeitung, Zeitschrift, Buch, Rundfunk, Fernsehen, Internet als elektronisches Medium.

Unterscheiden Sie:

f) Öffentlich-rechtlicher und privater Rundfunk: Diskutieren Sie ihre Prinzipien: Gemeinwohlorientierung, gesellschaftliche integrationsfördernde Programmatik, duales System (zusammen mit privatem Rundfunk).

g) Wie sehen Sie den Einfluss der Medien auf das Bild von Parteien und Politikern in der Öffentlichkeit?

h) Finden Sie Beispiele für Personen der Zeitgeschichte (20./21. Jahrhundert) mit ausgeprägter Präsenz und hohem Geschick für Nutzung bis Manipulation der Massenmedien.

i) Bedeutung der Massenmedien für Globalisierung, Pluralismus, gegenwärtiges Gewicht in der Gesellschaft.

j) Folgen der Konzentration im Pressewesen bzw. Medienbereich. Nennen Sie Beispiele für Pressekonzentrationen (Heimatregion) bzw. Vorgänge der Monopolisierung im Medienbereich.

k) Künftiges Gewicht der Presse in der Gesellschaft (beachten Sie multimediale Verknüpfungen in den Medienangeboten).

l) Wie sehen Sie die Tatsache, dass Medien nicht nur über Ereignisse berichten, sondern selbst Ereignisse schaffen (große Veranstaltungen organisieren, Aufmerksamkeit wecken mit Formaten, die Ereignisse produzieren (Bsp. Versteckte Kamera, Reality Shows).

29) Megastädte

a) Verfolgen Sie die Bildung von urbanen Zentren seit der Frühzeit.

b) Welche Faktoren haben das Entstehen starker Urbanisation bis hin zu den ‚Megastädten' der zweiten Hälfte des 20. Jahrhunderts beeinflusst?

Finden Sie

i) Vorteile großstädtischer Zentren,

ii) Nachteile großstädtischer Zentren.

30) Menschenbild

a) Was für ein Menschenbild steht hinter der aristotelischen Begriffsbestimmung vom Menschen als ‚Zoon Politikon' (als politisches Tier) bzw. Thomas von Aquins Auffassung vom Menschen mit der Aussage ‚*homo naturaliter est animal sociale*' (Der natürliche Mensch ist ein soziales Tier)?

b) Gehen Sie der Frage nach, warum der Mensch ein gemeinschaftsbezogenes, soziales Wesen ist, aus welchen Gründen, mit welchen Konsequenzen hinsichtlich sozialer bzw. staatlicher Ordnungen, in welchen Bereichen besonders? Warum wird der Mensch auch als Kulturwesen (Kultur als seine zweite Haut) bezeichnet? Was bestimmt den Menschen als Gemeinschaftswesen?

31) Menschenrechte

(01) **Begriff**

Untersuchen Sie den Begriff Menschenrechte lexikalisch (zum ersten Mal als deutscher Begriff bei Josef Ignaz Zimmermann, SJ, 1877). Ziehen Sie Quellen heran (EU, UNO), in denen Menschenrechte aufgeführt werden.

a)

i) Durch welche Institutionen (governmental, non-governmental) wird die Einhaltung der Menschenrechte

ii) mit welchen Mitteln (Bsp. Aufrufe, Medienmeldungen, Aktionen) in der Welt untersucht bzw. durchgesetzt?

iii) Mit welchen Mitteln seitens staatlicher, politischer Institutionen wird versucht, der Einhaltung der Menschenrechte Geltung zu verschaffen? Nennen Sie Beispiele. Beachten Sie die verschiedenen Möglichkeiten. Unterscheiden Sie: politische, militärische, wirtschaftliche (z.B. Embargo, Boykott), juristische (inter-

nationale Gerichtshöfe, Stichwort Kriegsver-
brechen).

iv) Mittel und Möglichkeiten privater Organisationen. Bsp. Amnesty International (Stichwort:
Dokumentationen, ‚Öffentlichkeit herstellen',
Solidarisierungen, NGOs). Nennen Sie Beispiele und entsprechende Maßnahmen.

b) Werten Sie im Zusammenhang der Menschenrechte kritisch

i) den Begriff der Nichteinmischung in innere
Angelegenheiten anderer Staaten,

ii) kulturell unterschiedliches Menschenrechts-
verständnis vs. internationalen Standards.

c) Erkennen Sie Staatsformen, unter denen Menschenrechtsverletzungen in besonderem Maße
festzustellen sind. Nennen Sie Beispiele.

(02) **Menschenrechtsfrage**

a) Sollten in den Menschenrechtsfragen Kompro-
misse geschlossen werden, wenn andere (in Ab-
wägung nationale, internationale, wirtschaftliche,
Teilnahmen an internationalen Sportveranstal-
tungen) Kriterien zur Frage stehen? Suchen Sie
Beispiele aus Politik und Zeitgeschichte (Bsp.
Volksrepublik China).

b) Nennen Sie Namen von Persönlichkeiten sowie
nationale oder internationale Institutionen, die im
20./21. Jahrhundert in Menschenrechtsfragen Bedeutung erlangt haben.

32) Migration

Ein auffallendes Merkmal im Verlauf der Geschichte sind die Migrationsbewegungen von Völkern, Volksgruppen oder anderen Gruppen.

a) Untersuchen Sie den Begriff ‚Migration' lexikalisch.

b) Differenzieren Sie zwischen Völkerwanderung, Vertreibung, Auswanderung und stellen Sie fest, in welchen geographischen Gegenden und aus welchen Anlässen seit der Völkerwanderung es Migrationsbewegungen gegeben hat.

c) Verfolgen Sie die Migrationsbewegungen im 20. Jahrhundert und unterscheiden Sie Gründe: geographisch, wirtschaftlich, politisch, religiös.

d) Welche Probleme und Konsequenzen ergeben sich aus Migrationen politisch, ökonomisch, kulturell? Unterscheiden Sie Probleme für Ursprungsländer (Herkunftsländer) und Fluchtzielländer. Diskutieren Sie Migration/Flucht aus islamischen Regionen um 2015.

33) Militär

a) Nach dem Ende der Konfrontation der großen Machtblöcke in Ost und West haben sich Rolle, Funktion und Umfang des Militärs geändert.

  i) Beschreiben Sie die Rolle und Stellung des Militärs in Staat und Gesellschaft verschiedener Länder (Ihrer Wahl) anhand historischer Beispiele.

ii) Unterscheiden Sie zwischen nationaler und übernationaler Aufgabenstellung des Militärs. Welche Aufgaben stellen sich für das Militär seit Ende der Ost-West-Konfrontation? Finden Sie Beispiele, z.B. NATO.

iii) Diskutieren Sie Standpunkte zur Frage von Wehrpflicht und Berufsarmee.

b) Militarismus

Suchen Sie nach lexikalischen Definitionen der Begriffe Militarismus und Pazifismus.

i) Nennen Sie Zeiten, Epochen, Menschen, mit denen der jeweilige Begriff besonders eng verknüpft werden kann.

ii) Diskutieren Sie in diesem Zusammenhang kritisch die Begriffe Soldatentum, Heldentum, preußische Tugenden (ziehen Sie historische, aber auch literarische Beispiele heran).

34) Nation

(s. auch ‚Staat')

(01) **Nation**:
Diskutieren Sie kontrovers an Hand historischer Beispiele und bei Beachtung des Nation-Begriffs (lexikalisch) die jeweils positiv bzw. negativ besetzten Begriffe und Schlagworte unter folgenden Gesichtspunkten:

i) Territorialprinzip: verstanden als auf ein bestimmtes Territorium hin empfunden.

   ii) Ethnisches Prinzip: verstanden als auf eine ethnische Gruppe hin empfunden.

   iii) Kulturelles Prinzip: auf kulturelle Gemeinsamkeiten hin empfunden (Sprache, Literatur, Bräuche, geschichtliche Vergangenheit).

   iv) Abstammungsgemeinschaft

   v) Solidargemeinschaft

   vi) Wertegemeinschaft.

Diskutieren Sie anhand historischer und aktueller Beispiele.

(02) **Nationalismus:**

  a) Suchen Sie nach Definitionen lexikalisch. Unterscheiden Sie von Nationalstolz, Vaterlandsliebe, Patriotismus. Suchen Sie nach Prinzipien, die für den Nationalismus bestimmend sein können. Wählen Sie Beispiele aus Geschichte und politischer Gegenwart. Berücksichtigen Sie folgende Gesichtspunkte:

  b) Welche Möglichkeiten sehen Sie zur Überwindung des Nationalismus?

   i) Beachten Sie supranationale Verknüpfungen, Einbindung in internationale Verträge, wirtschaftliche Verknüpfungen, Förderung des Wohlstands, Technisierung der Gesellschaft. Diskutieren Sie realistische Möglichkeiten.

   ii) Im Kontext des Nationalismus: Wie beurteilen Sie die Redeweise: Right or wrong – my country?

35) Parlament

(01)   Wahlrecht – aktuell und historisch

Finden Sie historische und aktuelle Beispiele für unterschiedliches Wahlrecht. Historische Perspektive: Beachten Sie Personenkreise mit Wahlrecht, Bindung an Besitz, Geschlecht, Bildung (z.B. England), Einschränkungen (z.B. USA, Beschränkung auf Weiße, bis wann?), Frauen ohne Wahlrecht (z.B. Entwicklung in der Schweiz).

(02)   Demokratische Prozesse

In welchen gesellschaftlichen und politischen Bereichen spielen sich demokratische Prozesse ab? Unterscheiden Sie Verfahrensweisen und Instrumente demokratischer Formen (z.B. Satzungen) zur Regelung des Zusammenlebens in einem demokratischen Staat. Beachten, beschreiben und bewerten Sie demokratische Verfahren im familiären Bereich, in Gruppen, Schulen oder Hochschulen, Vereinen, Verbänden, bei Tarifparteien (Stichworte: Selbstverwaltung, Mitbestimmung). Wie bewerten Sie den Begriff ‚basisdemokratisch'?

(03)   Parlamente auf politisch-staatlicher Ebene

a) Unterscheiden Sie demokratische Regeln auf politisch-staatlicher Ebene, d. i. Kommune, Land, Bund unter folgenden Gesichtspunkten:

   i)   Beschreiben Sie die Rolle von Parlamenten im demokratisch verfassten Staat am Beispiel ei ner Kommune, eines Bundeslandes, des Bundes des eigenen Landes.

ii) Berücksichtigen Sie dabei: Parteiensystem (vgl. Art. 21 GG), Gewichtung gegenüber Exekutive oder Judikative. Beschreiben Sie die unterschiedlichen Funktionen. Was sagen die Grundgesetz-Bestimmungen zum Parteiensystem (vgl. Art. 21)?

iii) Gesetzesweg: Stellen Sie modellhaft den Gesetzesweg dar, wählen Sie ein Beispiel (z.B. aus Verkehr, Umwelt, Tierschutz), mit dem Sie zeigen können, welche gesellschaftlichen und politischen Kräfte und Institutionen an einem Thema befasst sein können, bis es zu einem Gesetz oder einer Gesetzesänderung kommt.

b) Ist die Abgrenzung zwischen den jeweiligen drei Gewalten (Legislative, Exekutive, Judikative) eindeutig? Beachten Sie z.B. die Linie Regierungspartei(en) plus Exekutive kontra Oppositionspartei(en). Was sind die Konsequenzen für die verfassungsmäßige Trennung der Gewalten? Beachten Sie Stichworte: Entscheidungsspielräume, Machtbeschränkung, Kontrolle.

c) Subsidiarität: Untersuchen Sie den Begriff ‚Subsidiarität' im demokratischen Staat. Was sagt der Begriff aus? Welche Vorteile bzw. Nachteile erkennen Sie für die politische Praxis und die Gesellschaft? Welche gesellschaftlichen Aufgaben sollten dem Subsidiaritätsprinzip untergeordnet werden, welche nicht?

d) Prüfen Sie die Anzahl der im Parlament vertretenen Parteien, ihre Programmatik, das sogenannte Links-, Rechtsspektrum (ideologische Gegensätze).

   i) Welche Parteien sind traditionell führend als Regierungsparteien? Sind Tendenzen zur Nivellierung in der Programmatik erkennbar?

   ii) Welche Schwerpunkte in der Programmatik kennzeichnen die einzelnen Parteirichtungen (Wirtschaft, Soziales, Umwelt)? Gibt es Gründe? Beachten Sie Entstehungsphasen von Parteien.

e) Untersuchen Sie

   i) das Parteienspektrum im eigenen und/oder vergleichsweise in einem anderen Land. Suchen Sie nach vergleichbaren Parteinamen in verschiedenen Ländern,

   ii) Parteientwicklungen und Neugründungen.

f) Wie unterscheiden sich die Parlamente heutiger, westlicher Demokratien von europäischen Parlamenten vor dem Ende des Zweiten Weltkriegs? Wählen Sie Beispiele und arbeiten Sie die Unterschiede heraus (beachten Sie Änderungen im passiven und aktiven Wahlrecht, Parteienvielfalt, Stellung zur Exekutive, Parlamente in Monarchien, unter Diktaturen, eingeschränktes Wahlrecht etc.).

g) Legislative Kompetenzen: Diskutieren Sie die Übertragung von legislativen Kompetenzen auf übergeordnete Parlamente wie dem der Europäischen Union.

(04) **Parlamente auf überstaatlicher Ebene**

a) In welchen Bereichen sollten Ihrer Meinung nach Kompetenzen des einzelnen Staates (National-staats) auf übernationale Institutionen überge-hen, z.B. EU, UNO, Internationale Gerichtshöfe, welche Bereiche der Gesetzgebung sollten unter nationaler Gesetzgebung bleiben?

b) Diskutieren Sie Begriffe wie ‚Regionalismus‘, ‚Kos-mopolitismus‘, ‚Weltbürgertum‘, ‚Weltinnenpoli-tik‘, ‚Weltregierung‘, ‚Globalisierung‘.

c) Finden Sie Überschneidungen zwischen den Be-fugnissen der verschiedenen nationalen, überna-tionalen Parlamente? Wie sollten diese geregelt werden? Was sollte Ihrer Meinung nach national, was übernational geregelt werden? Welche Aus-wirkungen hat dies auf die demokratische Legiti-mation durch den Wähler?

(05) **Parlamentarier**

a) Untersuchen Sie Begriffe wie Fraktionszwang, im-peratives Mandat, Gewissensentscheidung der Abgeordneten (vgl. Art. 38 GG). Diskutieren Sie Vor- und Nachteile.

b) Partei: Wie beurteilen Sie im Lichte des Auftrags des Parlaments als Kontrollinstanz der Regierung (im Sinne der Gewaltenteilung), wenn die Füh-rung der Exekutive (Bundeskanzler) in Personal-union mit der Parteiführung steht?

c) Die berufliche Herkunft von Abgeordneten eines Parlaments ist unterschiedlich. Gibt es nach Ihrer

Auffassung eine ideale Zusammensetzung hinsichtlich der im Parlament vertretenen gesellschaftlichen Gruppen? Begründen Sie.

d) Diskutieren Sie die Rolle des Parlamentariers. Wo sehen Sie Interessenskonflikte hinsichtlich Verpflichtung dem Wähler allgemein, seiner gesellschaftlichen Gruppe, seinem Gewissen, seiner Partei gegenüber?

36) Philosophenstaat

Diskutieren Sie die Idee des griechischen Staatsphilosophen Platon (427-347) vom Philosophenstaat.

a) Wie ist die Auffassung Platons dazu – die wichtigsten Kriterien (beachten Sie die beiden Werke ‚Politeia' und ‚Nomoi' unter den Stichworten Staatsmänner, Philosophen, Weisheit).

b) Finden Sie Beispiele aus Geschichte und Gegenwart, in denen Philosophen, Intellektuelle (z.B. Schriftsteller, Dichter, Wissenschaftler) hohe staatliche Funktionen übernommen haben. Beachten Sie Kriterien wie Theorie und Praxis, politisches Handwerk. Diskutieren Sie: politische Dichtung/Dichter.

37) Pluralismus

a) Bestimmen Sie den Begriff lexikalisch.

b) Diskutieren Sie den Begriff bei Beachtung der Verschiedenartigkeit pluralistischer Formen in Gesellschaft und Kultur.

38) Revolution

a) Bestimmen Sie den Begriff lexikalisch.

b) Finden Sie historische Beispiele bis in die Gegenwart für Vorgänge, die mit dem Begriff ‚Revolution' belegt worden sind (Vorschlag: Untersuchen Sie den Begriff bei Leo Trotzki. Warum will er die permanente Revolution, keinen stabilen Zustand zulassen bis zum Endziel, also stets einen Gegner haben? Verwandt dazu ist auch Mao Tse-tungs Revolutionskonzept, Stichwort: Kulturrevolution).

c) Was unterscheidet ‚Revolution' von ‚Reform'? Unterscheiden Sie auch am Beispiel ‚Reformation' als Vorgang/Prozess der Abspaltung der protestantischen Kirche von der römisch-katholischen seit Martin Luther.

d) Was unterscheidet die Begriffe ‚Revolution' und ‚Aufstand'?

e) Setzen Sie die vier Begriffe ‚Revolution', ‚Restauration', ‚Liberalismus', ‚Konservativismus' in Beziehung zueinander, begrifflich und historisch.

f) Ordnen Sie die Begriffe ihren historischen Epochen, geographischen Räumen und historischen Personen zu.

(Hinweise: Ursprung der Begriffe: Restauration: Hallers Restauration der Staatswissenschaft, 1816; Liberalismus: spanische Partei der Liberales (1812) gegen Restaurationsbestrebungen der anderen europäischen Staaten (zunächst Paläoliberalismus des marktwirtschaftlichen Laissez-faire bei einer prästabilisierten Harmonie, dann

Ansätze des modernen Liberalismus: gegen Polizeistaat, für Gewaltenteilung, gegen Klerus und Kirche, für freies wirtschaftliches Handeln, pro Vernunft als Erkenntnisquelle bis zu Neoliberalimus – W. Eucken – mit sozialer Komponente und dem Zusammenführen von Einzel- und Gesamtinteresse); Konservatismus: von Chateaubriands Zeitschrift Le Conservateur).

39) Säkularisierung

a) Bestimmen Sie den Begriff lexikalisch.

b) Geben Sie Beispiele für Säkularisierung im historischen Bereich (Übergang kirchlicher Aufgaben in weltliche Bereiche).

c) Geben Sie Beispiele für Säkularisierung im geistigen Bereich (naturwissenschaftliche Ergebnisse, Entmythologisierung, Verweltlichung religiösen Brauchtums).

40) Sanktionsmaßnahmen

a) Wie sind Sanktionsmaßnahmen gegen einen Drittstaat zu beurteilen? Beachten Sie: Souveränität bzw. Innere Angelegenheiten. Unterscheiden Sie

i) militärisches Eingreifen,

ii) Boykottmaßnahmen, Wirtschaftsblockade,

iii) Annexion,

iv) Besetzung fremden Territoriums.

b) Erörtern Sie Für und Wider. Geben Sie die Gesichtspunkte wieder nach Kriterien:

   i) berechtigte wirtschaftliche Interessen,

   ii) politische/religiöse Missionierung,

   iii) Sicherheitsbedürfnis,

   iv) Eintreten für Menschenrechte,

   v) gegnerische Bedrohung.

41) Staat

(01) **Funktionen des Staates**

(s. auch ‚Nation')

Bevor versucht werden soll, eine lexikalische, allgemeine Begriffsbildung für den ‚Staat' zu finden, nennen Sie wesentliche Aufgaben des Staates. Unterscheiden Sie zwischen unterschiedlichen Staatsauffassungen (konservativ, weltanschaulich, liberal). Beachten Sie Aufgaben wie Schutz des Bürgers nach außen und innen, gesetzliche Sicherheit.

a) Finden Sie eine kurze allgemeine lexikalische Definition für den Begriff Staat.

b) Stellen Sie Überlegungen an, was Ursachen für Staatsbildungen sein können.

Beachten Sie folgende Aspekte:

i) War die Bildung von Staaten eine ‚Naturnot-
   wendigkeit' (im Sinne einer ‚*societas natura-
   lis*'), unabhängig von einer menschlichen Wil-
   lensentscheidung, weil sie sich aus dem Zu-
   sammenleben einer größeren Gruppe von
   Menschen ergibt?

ii) Gründet der Staat auf eine Willensentschei-
    dung, einen Entschluss zur Staatsbildung un-
    ter bestimmten Bedingungen? Beachten Sie
    den Begriff ‚Vertragstheorie' bei J. J. Rousseau
    (‚*contrat social*') oder die christliche Bestim-
    mung, wonach der Staat als ‚*dominium politi-
    cum*' bzw. ‚*bonum commune*' (Thomas von
    Aquin) ein von Gott verordnetes Heilmittel ist,
    das der verdorbenen Natur des Menschen be-
    gegnet (‚*remedium necessarium naturae cor-
    ruptae*'). Beachten Sie Auffassungen vom
    Staat als göttliche Instanz und die historischen
    Konsequenzen (Gott-Kaiser, Gottesgnaden-
    tum, Absolutismus, Heilige Allianz der Restau-
    rationszeit, Legitimationsprinzip).

Diskutieren Sie obige Aspekte an historischen und aktuellen Beispielen.

c) Diskutieren Sie Auffassungen, wonach der Begriff
   ‚Schicksal' auch für einen Staat gilt analog zum
   Schicksal eines Individuums (cf. Spengler: Unter-
   gang des Abendlands, Hegels Staat als Objektivie-
   rung des absoluten Geistes).

d) Diskutieren Sie die übernationalen Entwicklungen. Wo sehen Sie die Grenzen der herkömmli-
   chen Staatsauffassungen, wo muss der Staat Souveränitätsrechte abgeben, wie ändern sich die

Staatsziele, was kann und muss der Staat seinen Bürgern im Rahmen der globalen Entwicklungen bereitstellen?

e) Finden Sie Beispiele für Territorialstaaten, Vielvölkerstaaten, z.B. während der Epoche des Absolutismus (vor dem 19. Jahrhundert), Vielvölkerstaat Österreich.

(02) **Staat unter Staaten**

a) *Gleichgewicht* – Untersuchen Sie den Begriff ‚Gleichgewicht der Mächte' (Balance of power) als Beziehungsmodell der Staaten untereinander.

Ordnen Sie den Begriff historisch ein.

i) Welche Bedeutung sehen Sie für den Begriff in der heutigen Zeit (beachten Sie: Internationalisierung, Globalisierung, Bündnisse, Machtblöcke)?

ii) Wann war für Europa die Politik des Mächtegleichgewichts beendet? Ab wann erhielt die Politik des Mächtegleichgewichts globale Bedeutung: zwischen welchen Staaten, in welchen Konstellationen, Bündnissen im nordatlantischen, asiatischen Raum?

b) Für *Staatenbildungen* im Verlauf der europäischen Geschichte sind seit dem Mittelalter bestimmte Faktoren maßgebend als Voraussetzung für Staatenbildungen.

i) Finden Sie wesentliche Faktoren, die für eine Staatenbildung konstitutiv sind. Beachten Sie

Faktoren wie geopolitische Faktoren, Territorien, Ethnien oder Stämme, hierarchische, z.B. aristokratische Struktur, Verwaltungsapparat (z.B. zentral, regional, kolonial).

ii) Nennen Sie Beispiele aus der Geschichte aus dem Mittelalter bis ins 19. Jahrhundert. Vorschlag: Afrika. Ziehen Sie eine Landkarte des afrikanischen Kontinents heran und verfolgen Sie die Grenzziehungen zwischen den einzelnen Staaten.

iii) Finden Sie historische Gründe unter Gesichtspunkten wie Imperialismus, Kolonialismus, ethnische Strukturen.

iv) In allen Kulturen bis ins 20. Jahrhundert war die Erbfolge ein Prinzip der Sicherung der Herrschaft. Finden Sie historische Beispiele von Erbfolge kennzeichnend

(a)   für Länder und Epochen,

(b)   für Herrschaftsformen, in denen die Erbfolge bis in die heutige Zeit eine Rolle spielt – unabhängig von konstitutioneller Verfassung.

c) *Verstaatlichung*

i)   Diskutieren Sie den Begriff ‚Verstaatlichung' als staatsdominierende wirtschaftspolitische Entscheidung.

ii)   Ziehen Sie konkrete Beispiele aus der Geschichte des 20. Jahrhunderts heran. Beachten Sie auch Begriffe wie ‚Staatseigentum',

,Zentralismus', ,öffentlich-rechtlich', ,Mono-
polismus'.

iii) Führen Sie Vorteile und/oder Nachteile für
verstaatlichte Wirtschaftsteile im Rahmen eines demokratischen Staates auf. Beachten
Sie: Forderung/Ablehnung von Privatisierung
unter Stichworten (auf Deutschland bezogen)
wie Post, Wasserbetriebe, Energiewirtschaft.

d) *Staatsverfassung*

Finden Sie in verschiedenen Staatsverfassungen Ihrer
Wahl Anhaltspunkte für eine Staatsidee. Konzentrieren
Sie sich auf den einleitenden Teil, Stichwort Präambel.

e) *Vater Staat*

Was halten Sie von dem Begriff ,Vater Staat'? Finden Sie
Beispiele, wann und wo dieser Begriff auf ein staatliches
Gemeinwesen zutraf. Nennen Sie Gründe, die für pater-
nalistische Staatsformen sprachen. Diskutieren Sie, ob
bzw. auf welchen Gebieten diese Form auch heute Anwendung findet. Gehen Sie auf folgende Begriffe ein: Soziale Marktwirtschaft (vgl. Wirtschaftsordnung, GG),
,Nachtwächterstaat', Verteilerstaat.

f) *Staatsziele/Staatszwecke*

i) Beschreiben Sie Staatsziele/Staatszwecke Ihres Landes, ziehen Sie auch das Grundgesetz
heran. Unterscheiden Sie zwischen allgemeinen und relativen Staatszwecken (z.B. Wohl-
fahrt der Bürger des Staats, dem *salus publica*,
einzelne Staatsziele, Bsp.: Diskussion um Auf-
nahmekriterien für Tierschutz, deutsche Sprache).

ii) Wie stehen Sie zur Auffassung bei Plato und Aristoteles: Staat als Mittel, die Sittlichkeit des Menschen zu verwirklichen? Wo sehen Sie Gefahren? Denken Sie an demokratische, sozialistische, faschistische Staatsauffassung (Bestimmung dessen, was Sittlichkeit, Glück etc. des Menschen ist, vgl. Amerikanische Verfassung, Begriff: ‚*Pursuit of Happiness*‘).

iii) Wie stehen Sie zum religiösen Ansatz: Staat hat göttlichen Willen zu verwirklichen? Ziehen Sie historische Beispiele heran und werten Sie nach dem jeweiligen Zeitverständnis, wonach der Staat die Funktion der Exekutive der Kirche sein soll oder im theokratischen Ansatz, kirchliche und weltliche Macht sich im Herrscher vereinen. (Vgl. christliches und islamisches Verständnis.)

iv) Suchen Sie nach einem Ansatz entsprechend Kant: Staatszweck, dem Bürger Rechtssicherheit zu bieten nach außen und innen.

v) Diskutieren Sie die Staatsziele hinsichtlich ihrer künftigen Entwicklung. Beachten Sie Aspekte wie: europäische Integration, Internationalisierung, Globalisierung.

g) *Rechtsstaat*

Was verstehen Sie unter dem Begriff Rechtsstaat? Behandeln Sie den Begriff als Gegenbegriff zu ‚Unrechtsstaat‘.

i) Welches sind Merkmale eines Rechtsstaats? Finden Sie Kriterien, Rahmenbedingungen, Wertvorstellungen, die erfüllt sein müssen, um den Begriff ‚Rechtsstaat' zu rechtfertigen (beachten Sie Grund- und Freiheitsrechte und die wesentlichsten Kriterien für eine Demokratie: funktionsfähige Opposition, friedlicher Machtwechsel, allgemeine, geheime und freie Wahl).

ii) Suchen Sie Beispiele aus Geschichte und Gegenwart, wo die wesentlichen Kriterien einer Demokratie erfüllt/nicht erfüllt werden bzw. wurden. Beachten Sie die verschiedenen staatlichen Institutionen, von denen Rechtsanwendungen ausgehen, sowie die verschiedenen Bereiche des privaten und öffentlichen Lebens, auf die sich Rechtsanwendungen auswirken.

h) *Staatsrecht*

Geben Sie einen Überblick über das Rechtssystem in Ihrem oder einem anderen Land.

i) Nennen Sie die Marksteine in der Rechtsgeschichte (beachten Sie die historischen Rechtsdokumente und Rechtsinstitutionen, z.B. griechische, römische, französische, amerikanische Verfassungsformen, englische Rechtsdokumente, deutsches Grundgesetz bis zu den internationalen Rechtskonventionen).

ii) Beginnen Sie bei der Betrachtung eines einzelnen Landes mit der Stellung der obersten politischen Instanz der drei Gewalten (Legislative).

iii) Nennen Sie die Rechtsinstitutionen (Rechtsorgane) des ausgewählten Landes beginnend mit der obersten Ebene (in Deutschland die Bundesebene) bis zur lokalen Rechtsbehörde.

iv) Wie erklärt sich die Sonderstellung des Richterstandes (Stichworte: ‚Unabhängigkeit‘, ‚Unabsetzbarkeit‘)?

v) Suchen Sie nach berühmten historisch-politischen Justizfällen (z.B. Dreyfus-Affäre, politische Schauprozesse, aber auch der Prozess Jesu vor Pilatus oder der Prozess gegen Sokrates).

vi) Finden Sie literarische Beispiele, in denen die Themen Recht, Gerechtigkeit, Justiz eine auffallende Rolle spielen (z.B. Kleist, Brecht, Dürrenmatt, klassische amerikanische Kriminalfilme).

i) *Legitimation*

Nennen Sie Staaten, deren Legitimationsbasis im Verlauf der Geschichte unter folgenden Aspekten stand:

i) Verbindung zu kirchlich-religiösen Kräften.

ii) Verbindung zu ideologisch-weltanschaulichen Kräften.

iii) Verbindung zu demokratischen Kräften.

(Stichworte: Berufung auf Gott von Antike bis in die Neuzeit, Gottkaiser, Gottesgnadentum, Führerkult, Marxismus-Lehre.)

j) *Führungsschicht*

In allen Staaten gibt es eine Führungsschicht, die entscheidenden Anteil an den politischen, wirtschaftlichen, sozialen, religiösen oder kulturellen Entwicklungen hat.

i) Untersuchen Sie die Begriffe ‚Elite' (unterscheiden Sie zum Begriff Prominenz), ‚Nomenklatur', ‚Intelligenzia', ‚Oberschicht', ‚Adel'.

ii) Auf welche gesellschaftlichen Gruppen beziehen sich die einzelnen Begriffe in Ihrem eigenen oder einem Land Ihrer Wahl? Welche Rolle, Funktion wird mit dem Begriff Führungsschicht oder einem der o. a. Unterbegriffe in Verbindung gebracht?

(a) Zu welcher Epoche und in welchen Ländern gelten die jeweiligen Begriffe (Bsp. Adelstitel, staatliche Funktionstitel für politische bzw. Verwaltungsämter, z.B. Minister, ‚Rat', Kanzler)?

(b) Wo und zu welcher Zeit sind die Begriffe positiv bzw. negativ besetzt? (Denken Sie an „BRD"/„DDR")

(c) Welche Eliten bestehen in Ihrem gegenwärtigen Staat?

k) *Staatslehren*

i) Nennen Sie die Namen der bedeutendsten Staatsphilosophen bzw. Staatslehrern seit der Antike. Beginnen Sie z.B. mit Aristoteles. Ordnen Sie den betreffenden Namen die wichtigsten damit verbundenen Hauptbegriffe der jeweiligen philosophischen Konzepte zu.

ii) Suchen Sie nach Definitionen des Begriffs Staat. Beachten Sie unterschiedliche Ansätze. (Etwa die allgemeinste Definition der drei Komponenten: Staatsvolk, Staatsgebiet,

Staatsgewalt oder (Larousse): Staat ist politisch-organisiertes Vaterland.)

(03) **Staat – Volk – Nation**

a) *Begriffsfeld Staat – Volk – Nation*

i) Finden Sie Beschreibungen, Definitionen, Unterscheidungen zum jeweiligen Begriff Staat, Volk, Nation. Untersuchen Sie, in welchen Zusammenhängen der jeweilige Begriff steht unter folgenden Gesichtspunkten:

(a) geographisch,

(b) ethnisch,

(c) religiös,

(d) kulturell,

(e) konstitutionell,

(f) administrativ,

(g) sprachlich.

b) Wie sehen Sie im *Zusammenhang mit Staat, Volk, Nation* die Frage der Identifikation eines persönlichen Verhältnisses des Individuums (vgl. Heimatbegriff) mit dem jeweiligen Begriff?

Konkrete Ansatzpunkte:

i) Wie kann Identifikation in einem Gemeinwesen und welcher Art von Gemeinwesen konkretisiert werden?

ii) Berücksichtigen Sie Begriffe wie Heimat, Gemeinde, Region, Land, ethnische, soziale, kulturelle, politische Gruppe. Wo, in welchem Maße, auf welche Weise finden Identifikationsprozesse des Einzelnen mit den Gemeinwesen (von Familie, Gemeinde bis zu größeren Einheiten, wie Staat, Kontinent) statt? Diskutieren Sie kritisch den Begriff Weltbürger.

iii) Wie sollen Rechte und Pflichten, formale Kriterien mit der Identifikation mit Staat, Volk, Nation verbunden werden? Berücksichtigen Sie Stichworte wie ‚Wahlrecht', ‚Melde-, Schul-, Steuer-, (ggf. Militär-)pflicht', ‚soziale Versorgung'.

iv) Wie haben Staaten in der Geschichte versucht, den Bürger an sich zu binden? Unterscheiden Sie, welche sozialen Gruppen in die Bindung einbezogen wurden, welche nicht (s. Wahlrecht, Berechtigung zu Ämterübernahme, Sklavenhalterschaft). Beachten Sie: demokratische und ideologisch-verfasste Staaten (denken Sie an Volkserziehung, politische Organisierung der Jugend).

v) Wie beurteilen Sie die Bedeutung des jeweiligen Begriffs Staat, Volk, Nation in Verbindung mit Begriffen wie:

   (a) Eurozentrismus,

   (b) Alte Welt – Neue Welt,

   (c) Mutterland – Kolonie,

   (d) Dritte Welt,

(e) Industrieland – Entwicklungs-, Schwellenländer,

(f) Wirtschaftsräume (geopolitisch),

(g) Multinationale Konzernbildungen?

42) Terrorismus

a) Bestimmen Sie den Begriff ,Terrorismus' lexikalisch.

b) Was unterscheidet den Begriff von anderen Begriffen der konfliktbeladenen Auseinandersetzung?

   i) Inhaltlich: Geben Sie Beispiele aus der Geschichte.

   ii) Beachten Sie kritisch, wie der Begriff seit den Anschlägen vom 11. September 2001 auf US-amerikanische Ziele in New York und Washington politisch benutzt wird (,War on terror').

   iii) Welche Konflikte verbergen sich hinter den Anschlägen im Beziehungsgefüge zwischen islamischer und westlich-industrieller Welt?

   iv) Diskutieren Sie den Begriff ,Neue Kriege'.

   (a) Was wird unter dem Begriff ,asymmetrische Kriege' verstanden? Beachten Sie Bezeichnungen wie ,war lords', ,Fünfte Kolonne', ,Stellvertreterkriege', Wirtschaftskrieg. Geben Sie Beispiele.

(b) Nennen Sie Beispiele für kriegerische Auseinandersetzungen, die abweichen von der historisch-traditionellen Form des offiziell eröffneten Feind-Feind-Krieges.

(c) Warum wird der Dreißigjährige Krieg auch ‚Mutter aller Kriege' genannt? Geben Sie einige Beispiele für die Vielgestaltigkeit dieses Krieges (z.B. Terror i.S. von Brandschatzung).

43) Toleranz

a) Bestimmen Sie den Begriff lexikalisch.

b) Diskutieren Sie den Begriff hinsichtlich seiner Abgrenzung zu Begriffen wie ‚Liebe', ‚Großzügigkeit', ‚politisches Laissez-faire', Indifferenz.

c) Nennen Sie Schriftsteller, Philosophen, Staatsmänner, die sich die Toleranz zu einem Leitbegriff gemacht haben.

d) Finden Sie Beispiele aus der Geschichte, die den Begriff als politisches Mittel einsetzen (z.B. Toleranzedikte).

44) Totalitarismus

a) Bestimmen Sie den Begriff lexikalisch.

b) Merkmale: Finden Sie wesentliche Merkmale des Totalitarismus im Vergleich der beiden Staaten Sowjetunion unter Stalin und Deutschland während des ‚Dritten Reiches' unter Hitler. Arbeiten Sie Unterschiede heraus

i)   zwischen den beiden Richtungen: kommunistisch und faschistisch,

ii) in den Persönlichkeitsstrukturen der beiden totalitären Führer Stalin und Hitler und die Auswirkungen auf den jeweiligen Herrschaftsapparat.

Berücksichtigen Sie bei der Untersuchung: ideologische Grundlagen, geistige Strömungen und Denkrichtungen, historische Bedingungen für die Etablierung der Regime, Menschenrechte, Stellung der Presse, Rolle von Militär und Kirche.

45) Unterdrückung

a)   Nennen Sie Formen politischer Unterdrückung. Versuchen Sie eine Definition im Sinne der Unterdrückung als Rechtsbeschränkung.

b)   Geben Sie Beispiele für politisch-staatliche Unterdrückungsformen. Beachten Sie Zielrichtungen auf Rasse, Religion, Geschlecht, soziale Gruppe. Beachten Sie Formen historisch und aktuell: Versklavung, Verknechtung, Frondienste, Leibeigenschaft, Einschränkung der Meinungsfreiheit.

c)   Nennen Sie konkrete Mittel der Unterdrückung. Beachten Sie konkrete Formen der Verfolgung: Überwachungsapparat, Staatssicherheit, Terrorisierung des Einzelnen im Rechtssystem (Denunziation, Säuberung, Schauprozess, Folter, Pogrom, Gerüchtstreuung), Straflager, Sündenbock, Schriften-Index (religiös, ideologisch begründet).

46) USA

Pax Americana

a) Bestimmen Sie den Begriff lexikalisch.

b) Diskutieren Sie den Begriff unter den Gesichtspunkten: Hegemonie, wirtschaftliche, technologische, militärische Vormacht (vgl. Begriff ‚Das amerikanische Jahrhundert' (Begriff seit 1941) oder Präsident George Bushs (Sen.) Begriff: ‚Neue Weltordnung' (im Zusammenhang mit dem Golfkrieg 1991)). Was unterscheidet ‚Neue Weltordnung' von Weltgemeinschaft (vgl. Völkerbundidee, US-Präsident W. Wilson, 14 Punkte, UN Charta)?

c) Können Vergleiche zum historisch verankerten Begriff der Pax Romana gezogen werden? Konnte auch aus der neueren Geschichte von einer Pax Sovietica gesprochen werden? Begründen Sie.

47) Volkssouveränität

a) Bestimmen Sie den Begriff lexikalisch.

b) Finden Sie historische Beispiele aus der französischen und amerikanischen Geschichte und deren Verfassungen.

Differenzieren Sie bei Betrachtung der aktuellen Situation.

c) Wo findet sich der Begriff als analoge Bezeichnung im deutschen Grundgesetz (vgl. GG, II Bund und Länder)?

d) Finden Sie Beispiele für den Unterschied zwischen direkter und repräsentativer Demokratie (Stichwort: Plebiszit, Bsp.: Schweiz).

e) Welche Bedeutung soll den Instrumenten Plebiszit/Volksbegehren/Referendum/Volksbefragung eingeräumt werden?
Beachten Sie:

i) die beteiligte Bevölkerungszahl,

ii) die Differenziertheit des zur Abstimmung stehenden Gegenstands, Abstimmung nur über Beschlüsse von Regierung und Parlament (z.B. Schweiz), Abstimmung über Fragen, die von der Regierung direkt dem Volk vorgelegt werden. Ziehen Sie Art. 29 GG/Art. 118 GG heran.

iii) Nehmen Sie kritisch Stellung zu der geläufigen Behauptung:
‚Ein Volk hat die Regierung, die es verdient.'

48) Weltgeschichte

Die Weltgeschichte ist durchzogen von großen Übeln im Sinne von landes- und bevölkerungsübergreifenden Missständen.

a) Welche würden Sie dazu zählen? Beziehen Sie für die Beispielsuche mit ein: Krieg, Hungersnöte, Sklaverei, Kastenwesen, Extreme in der sozialen Ungleichheit.

b) Geben Sie für einige Beispiele kurze Beschreibungen, die die jeweiligen Übel und ihre Folgen für eine Bevölkerung oder ein Land besonders charakterisieren.

c) Suchen Sie nach Gründen für das Entstehen der Übel im jeweiligen geographischen, geschichtlichen, sozialen, religiösen Zusammenhang.

d) Charakterisieren bzw. diskutieren Sie Lösungswege für die Abschaffung bzw. Vermeidung eines der betreffenden Übel.

e) Wie interpretieren Sie die Aussage Friedrich Schillers: ,Die Weltgeschichte ist das Weltgericht'? Was meint Hegel, wenn er von der Geschichte als der ,Schädelstätte der Menschheit' spricht?

49) Weltinnenpolitik

a) Diskutieren Sie den Begriff. Beachten Sie auch Begriffe wie ,Nichteinmischung in innere Angelegenheit', ,Selbstbestimmungsrecht der Völker', ,Spielraum der Außenpolitik des Einzelstaats'.

b) Differenzieren Sie Vorteile und Nachteile, die hinter den Begriffen als Politikverständnis stehen.

c) Welche Anlässe erachten Sie als legitimierend für Ignorierung des Prinzips der Nichteinmischung in innere Angelegenheiten eines Staats (Begriff Neutralität)?

d) Wie vertragen sich die Prinzipien der zunehmenden Bedeutung und Einflussnahme internationaler Organisationen (UNO, Internationale Gerichtshöfe, Weltbank) mit der Souveränität des Einzelstaats?

50) Wende

a) Welche Faktoren sehen Sie um die Jahre der *Wende* 1989/90 entscheidend für den Zusammenbruch der Staaten des Warschauer Pakts?

b) Ziehen Sie Beispiele heran mit kurzer Beschreibung der unterschiedlichen Abläufe des politischen Geschehens: Sowjetunion, Polen, Tschechoslowakei, Ungarn, Rumänien, Bulgarien, Deutsche Demokratische Republik.

c) Unterscheiden Sie zwischen politischen, militärischen, wirtschaftlichen, kulturellen Faktoren und Ursachen.

d) Berücksichtigen Sie den Zeitraum: Warum waren Aufstände früherer Jahre erfolglos? Beachten Sie: gesellschaftliche, wirtschaftliche, militärische (Stichwort Blockbildung Ost-West), geopolitische Faktoren (ideologische, nationale und internationale).

51) Wirtschaftsgeschichte

In der Geschichtsschreibung wurden die wirtschaftlichen Grundlagen der Staaten erst in der neueren Geschichtsschreibung und vor allem im 20. Jahrhundert herausgearbeitet.

a) Versuchen Sie herauszufinden bzw. Begriffe zu finden, die die wirtschaftlichen Formen charakterisieren (von Ackerzucht bis zu vor- und nachindustriellen Wirtschaftsepochen).

b) Geben Sie eine grobe Einteilung der Wirtschaftsepochen seit prähistorischen Zeiten (Stichworte: Jäger, Sammler). Unterscheiden Sie nach Regionen, Ländern, Epochen.

c) Geben Sie Beispiele von Staatskonzepten, in denen die Ökonomie ein tragendes Element war (Stichwort: Kameralismus).

d) Geben Sie Beispiele für Wirtschaftseinzelunternehmen, die politik- und staatsbestimmenden Einfluss erlangten (Stichworte: Fugger, Stahl- und Medienkonzerne).

e) Geben Sie aktuelle Beispiele für Wirtschaftsunternehmen mit überregionalen, überstaatlichen, multinationalen Verflechtungen. Erläutern Sie Konsequenzen für Staat und Gesellschaft.

52) Wissenschaft

a) Bestimmen Sie den Begriff lexikalisch.

b) Was versteht man unter Freiheit der Wissenschaft? Überlegen Sie Konsequenzen, die entstehen

   i) aus uneingeschränkter Freiheit von Wissenschaft und Forschung,

   ii) aus Einschränkung von Wissenschaft und Forschung.

Suchen Sie nach aktuellen und historischen Beispielen in der Neuzeit seit Galilei bis zu heutigen Diskussionen der Genforschung.

Beachten Sie Kritik, Einflussnahme etc. von wirtschaftlicher, religiöser, weltanschaulicher Seite (Bsp. Wissenschaftsverständnis in der ehemaligen DDR).

c) Beachten Sie Auswirkungen von Wissenschaft und Forschung für privates, gesellschaftliches Leben, Wirtschaft, Politik.

Bücher des Autors bei tredition

**Das Buch im Griff des Internets –
Ein kulturkritischer Zustandsbericht**

Der Autor gibt im Buch einen kulturkritischen Rückblick auf die Hochform des Buchs vor dessen Abstieg zum Nebenprodukt unter seinen elektronischen Konkurrenten der Medienwelt. Der Autor beschreibt, wie und mit welchen zum Teil dramatischen Konsequenzen die sich überstürzenden technologischen Entwicklungen im Medienbereich die Bedingungen für die Kultur-Ikone Buch verändern – sowohl für traditionelle Buchverlage als auch für den Leser und nicht zuletzt für den Autor. Thema ist das Buch aus der Perspektive des Bedrohungspotenzials der Internetmacht („Buch als Beuteobjekt der Internetkrake", „Der Buchmarkt reif für das Internet"), aber auch eine Hommage auf das Buch als bleibender Archetyp der Kultur.
(Print- und E-Book 2013)

Glückssynthese – Dem Glücksbegriff auf der Spur

Was ist Glück? Ein Allerweltsbegriff, ein Begriff für alles und nichts, ein Segensspruch, ein Wunschbegriff für alles Gefühlhafte. Der Begriff fand seinen Platz bei den antiken Denkern, in christlicher Lehre, er findet sich in deutscher Nationalhymne und in der amerikanischen Verfassung, er füllt Bibliotheken. Der Autor ist dem Begriff auf der Spur, zieht auch assoziativ heran, was den Glücksbegriff aus der Unbestimmtheit und Widersprüchlichkeit befreit und ihm eine begriffliche Kontur gibt. Die Begriffsbestimmung führt nicht zuletzt in die politische Dimension durch Beispiele, die zeigen, dass es auch Glückterroristen gibt, dass der Begriff in falsch verstandener Weise auch missbraucht werden kann.
(Print- und E-Book 2014)

FSC
www.fsc.org

MIX

Papier | Fördert
gute Waldnutzung

FSC® C083411

Zeitfracht Medien GmbH
Ferdinand-Jühlke-Straße 7
99095 Erfurt, Deutschland
produktsicherheit@kolibri360.de